ULLSTEIN

Das Buch

Eigentlich hoffte Sterling Brooks schon auf seinen Einzug ins Paradies – aber nun muss er doch noch einmal auf die Erde zurück, um dort vor dem Weihnachtsfest noch einen Menschen glücklich zu machen. Da trifft er die kleine Marissa, die im Rockefeller Center völlig verzweifelt ihren Vater und ihre Großmutter sucht und sich nichts sehnlicher wünscht, als Weihnachten mit ihren Lieben zu verbringen.
Eine wunderbare, gefühlvolle Weihnachtsgeschichte über ein bezauberndes kleines Mädchen und die Sehnsucht der Menschen nach Vergebung.

Die Autorinnen

Mary Higgins Clark gehört mit ihren vierundzwanzig Romanen zu den meistgelesenen Autorinnen von Spannungsliteratur. Ihre Bücher stehen weltweit regelmäßig ganz oben auf den Bestsellerlisten. Sie lebt mit ihrem Ehemann in New Jersey.

Carol Higgins Clark hat bereits fünf Kriminalromane veröffentlicht. Sie lebt in New York City.

Mary und Carol
Higgins Clark

Er sieht dich, wenn du schläfst

Aus dem Amerikanischen
von Marion Balkenhol

Ullstein

Besuchen Sie uns im Internet:
www.ullstein-taschenbuch.de

Umwelthinweis:
Dieses Buch wurde auf chlor- und säurefreiem Papier gedruckt.

Ullstein Verlag
Ullstein ist ein Verlag des Verlagshauses Ullstein Heyne List GmbH & Co. KG.
1. Auflage November 2003

Titel der amerikanischen Originalausgabe: *He Sees You When You're Sleeping*
(Scribner, New York)

Übersetzung: Marion Balkenhol
Redaktion: Marianne Schönbach
Umschlaggestaltung: Thomas Jarzina, Köln
Titelabbildung: Getty Images
Gesetzt aus der Goudy
Satz: MPM, Wasserburg
Druck und Bindearbeiten: Elsnerdruck, Berlin
Printed in Germany
ISBN 3-548-25781-X

Wir widmen dieses Buch
den Opfern der Tragödie
vom 11. September 2001,
den Familien und Freunden,
die sie liebten,
und den Rettern,
die ihr Leben aufs Spiel setzten,
um ihnen zu helfen.

Es gibt nichts Schlimmeres, als mit anhören zu müssen, wie ein großes Fest vorbereitet wird, wenn man weiß, dass man nicht dazu eingeladen ist. Noch schlimmer ist es, wenn die Party im Himmel stattfindet, dachte Sterling Brooks. Man hatte ihn seit sechsundvierzig Jahren nach irdischer Zeitrechnung im himmlischen Warteraum schmoren lassen, direkt vor dem Himmelstor. Jetzt vernahm er den himmlischen Chor bei der Generalprobe für die Lieder, die das bevorstehende Weihnachtsfest einleiten würden.

»Vom Himmel hoch …«

Sterling seufzte. Das Lied hatte ihm immer gefallen. Er rutschte auf seinem Stuhl hin und her und schaute sich um. Dicht gedrängt saßen die Menschen in Kirchenbankreihen und warteten darauf, vor den Himmlischen Rat zitiert zu werden. Menschen, die gewisse Dinge zu verantworten hatten, die sie in ihrem Leben getan – oder nicht getan – hatten, ehe man sie in den Himmel einließ.

So lange wie Sterling hatte dort niemand gesessen. Er kam sich wie ein Kind vor, dessen Mutter vergessen hatte, es von der Schule abzuholen. Für gewöhnlich gelang es ihm, gute Miene zum bösen Spiel zu machen, doch neuerdings fühlte er sich häufig einsam und verlassen. Von seinem Fensterplatz aus hatte er viele Bekannte aus seiner Zeit auf der Erde vorbeiziehen sehen – schnurstracks in den Himmel. Gelegentlich registrierte er schockiert oder auch ein wenig sauer, dass einige von ihnen nicht gezwungen waren, eine Zeit lang im himmlischen Warteraum zu verbringen. Sogar der Typ, der bei der Einkommenssteuer gemogelt und beim Golf einen falschen Punktestand angegeben hatte, schritt selig über die Brücke zwischen dem himmlischen Warteraum und dem Himmelstor.

Als er jedoch Annie erblickt hatte, war er zutiefst erschüttert gewesen. Vor ein paar Wochen war die Frau vorbeigeschwebt, die er geliebt, aber nicht geheiratet hatte, die Frau, die er stets hingehalten hatte. Sie sah so hübsch und jung aus wie damals, als sie sich kennen lernten. Er lief zur Rezeption und erkundigte sich nach Anne Mansfield, der Seele, die gerade am Aussichtsfenster vorbeigeflogen war. Der Engel schaute in seinem Computer nach und hob die Augenbrauen. »Sie ist vor ein paar Minuten gestorben, an ihrem siebenundachtzigsten Geburtstag. Als sie die Kerzen auspustete, erlitt sie einen Schwindelanfall. Was für ein beispielhaftes Leben sie geführt hat! Großzügig. Entgegenkommend. Sozial. Liebevoll.«

»War sie verheiratet?«, fragte Sterling.

Der Engel tippte etwas ein und verschob den Cursor, wie der Mann am Flugschalter auf der Suche nach der Reservierungsbestätigung. Der Engel runzelte die Stirn. »Sie war ziemlich lange mit so einem Depp verlobt, der sie ewig hinhielt, und es brach ihr das Herz, als er plötzlich starb. Ein Golfball hatte ihm den Schädel durchschlagen.« Der Engel drückte noch einmal auf den Cursor und schaute zu Sterling auf. »Oh, Verzeihung, das sind ja Sie.«

Sterling war kleinlaut zu seiner Bank zurückgeschlichen. Seitdem hatte er viel nachgedacht. Zugegeben, er war durch seine einundfünfzig Jahre auf Erden gerauscht, ohne je Verantwortung zu übernehmen. Stets war es ihm gelungen, sich von allem fern zu halten, was unerquicklich war oder Sorgen bereitete. Ich habe Scarlett O'Haras Leitspruch übernommen »Morgen ist auch noch ein Tag«, gestand er sich ein.

Nur damals, als er auf der Warteliste der Brown University stand, hatte ihn über längere Zeit Angst geplagt. Seine Freunde von der vorbereitenden Privatschule hatten dicke Briefe von den Colleges ihrer Wahl erhalten, die sie in ihren Reihen willkommen hießen und dringend aufforderten, umgehend ihre Gebühren zu überweisen. Erst kurz vor Schulbeginn hatte ihn das Sekretariat der Brown University angerufen, um ihm mitzuteilen, dass noch ein Platz im Erstsemester für ihn frei sei. Damit waren die längsten viereinhalb Monate seines Lebens zu Ende gegangen.

Er wusste genau, warum er nur knapp in die Brown University reingerutscht war, obwohl er mit einer wachen Intelligenz und herausragender athletischer Begabung auf allen Gebieten gesegnet war: Er hatte an der High School nie mehr als nötig getan.

Ein kalter Schauer nackter Angst lief ihm über den Rücken. Letztendlich war er in das College aufgenommen worden, das er sich gewünscht hatte, aber vielleicht würde er hier oben nicht so viel Glück haben. Bisher war er sicher gewesen, in den Himmel zu kommen. Sterling hatte den Engel am Tor zum Himmlischen Rat darauf aufmerksam gemacht, dass manche Menschen, die nach ihm gekommen seien, bereits aufgerufen worden waren, und er hatte sich erkundigt, ob man ihn vielleicht versehentlich übersehen habe. Höflich, aber bestimmt, war er aufgefordert worden, wieder Platz zu nehmen.

Er wünschte sich so sehr, dieses Weihnachtsfest im Himmel zu verbringen. Die Mienen der Menschen, die am Fenster vorbeischwebten und das offene Tor vor sich sahen, hatten seine Neugier geweckt. Und jetzt war auch noch Annie dort.

Der Engel an der Tür bat um allgemeine Aufmerksamkeit. »Ich habe gute Nachrichten. Folgende Personen erhalten eine Weihnachtsamnestie. Sie müssen nicht vor den Himmlischen Rat treten. Sie begeben sich umgehend zum Ausgang rechts, der direkt auf die Himmelsbrücke führt. Stellen Sie sich ordentlich hintereinander in der Reihenfolge auf, in der Sie aufgerufen werden … Walter Cummings …«

Ein paar Bankreihen entfernt sprang Walter auf, ein strammer Neunzigjähriger, und schlug die Hacken zusammen. »Hallelujah!«, rief er und lief nach vorn.

»Ordentlich, habe ich gesagt«, tadelte der Engel in beinahe resigniertem Tonfall. »Obwohl ich Ihnen keinen großen Vorwurf machen kann«, murmelte er und rief den nächsten Namen auf. »Tito Ortiz …«

Tito jauchzte vor Freude, lief durch den Mittelgang und heftete sich an Walters Fersen.

»Jackie Mills, Dennis Pines, Veronica Murphy, Charlotte Green, Pasquale D'Amato, Winthrop Lloyd III, Charlie Potters, Jacob Weiß, Ten Eyck Elmendorf …«

Eine endlose Reihe von Namen wurde vorgelesen, und die Bankreihen leerten sich.

Der Engel war am Ende der Liste angelangt und faltete sie zusammen. Sterling blieb als Einziger übrig. Eine Träne trat ihm ins Auge. Der himmlische Warteraum erschien ihm wie eine einsame Höhle. Ich muss ein schrecklicher Mensch gewesen sein, dachte er. Ich werde es am Ende gar nicht in den Himmel schaffen.

Der Engel legte die Liste zur Seite und kam auf ihn zu. O nein, dachte Sterling verzweifelt, sag jetzt nicht, dass ich an den anderen Ort geschickt werde. Zum ersten Mal spürte er, wie es war, absolut hilflos und ohne Hoffnung zu sein.

»Sterling Brooks«, sagte der Engel. »Sie werden zu einer außerordentlichen Sitzung des Himmlischen Rates gerufen. Folgen Sie mir bitte.«

Ein winziger Hoffnungsschimmer flackerte in Sterling auf. Vielleicht hatte er ja noch eine winzige Chance. Er atmete tief durch, stand auf und folgte dem Engel zur Tür des Ratszimmers. Der Engel schaute ihn mitleidig an und flüsterte ihm zu: »Viel Glück.« Dann öffnete er die Tür und schob Sterling hinein.

Der Raum war nicht groß. Er war in sanftes, erlesenes Licht getaucht, wie Sterling es noch nie erlebt hatte. Die verglaste Wand bot einen herrlichen Blick auf das Himmelstor, und Sterling wurde klar, dass das Licht von dort reflektiert wurde.

Vier Männer und vier Frauen saßen an einem langen Tisch und blickten ihn an. Ihr Haupt war von einem Glorienschein umgeben. Heilige, dachte Sterling sogleich, wenn auch nicht die, die er von den bleiverglasten Fenstern der im Urlaub besichtigten Kathedralen her kannte. Ihre Kleidung reichte von biblischen Gewändern bis hin zur Mode des zwanzigsten Jahrhunderts. Da Sterling mit einer schnellen Auffassungsgabe gesegnet war, wurde ihm sofort klar, dass sie die typische Kleidung der Zeit trugen, in der sie gelebt hatten. Der Mann am anderen Ende des Tisches, ein Mönch mit ernster Miene, eröffnete das Verfahren.

»Setzen Sie sich, Sterling. Wir haben ein Hühnchen mit Ihnen zu rupfen.«

Sterling nahm Platz. Alle Augen waren auf ihn gerichtet.

Eine Frau in einem eleganten Gewand aus rotem Samt und mit einer Tiara auf dem Kopf sagte in kultiviertem Ton: »Sie hatten es leicht im Leben, nicht wahr, Sterling?«

Du hast es auch nicht gerade schwer gehabt, wie's aussieht, dachte Sterling, hielt aber den Mund. Er nickte fromm. »Ja, Madam.«

Der Mönch schaute ihn streng an. »Eine Krone ist eine schwere Last. Ihre Majestät hat ihren Untertanen viel Gutes getan.«

Mein Gott, sie können meine Gedanken lesen, merkte Sterling und begann zu zittern.

»Aber Sie haben sich nie für jemanden eingesetzt«, fuhr die Königin fort.

»Sie waren ein Gutwetterfreund«, verkündete der Mann in Schäferkleidung, der Zweite von rechts.

»Passiv-aggressiv«, erklärte ein junger Matador, der sich eine Fluse von der roten Capa zupfte.

»Was soll das heißen?«, fragte Sterling verängstigt.

»Oh, tut mir Leid, dieser irdische Ausdruck kam erst nach Ihrer Zeit auf. Er ist inzwischen recht geläufig, glauben Sie mir.«

»Deckt eine ganze Reihe von Sünden ab«, murmelte eine schöne Frau, die Sterling an die Bilder von Pocahontas erinnerte.

»Aggressiv?«, fragte Sterling. »Ich bin nie ausgerastet. Niemals.«

»Passiv-aggressiv ist etwas anderes. Man verletzt andere durch das, was man unterlässt. Und durch Versprechungen, die man gar nicht erst einzuhalten gedenkt.«

»Sie waren ichbezogen«, sagte eine hübsche Nonne am Ende des Tisches. »Sie waren ein guter Vermögensberater, der den Reichen bei ihren kleinen Problemen half, aber Sie haben Ihre Fachkenntnis nie dem armen Unglücklichen zur Verfügung gestellt, der zu Unrecht sein Zuhause verlor oder dem der Pachtvertrag für den Laden gekündigt wurde. Schlimmer noch, Sie haben hin und wieder tatsächlich erwogen zu helfen, dann aber doch beschlossen, sich nicht damit zu befassen.« Sie schüttelte den Kopf. »Sie waren ein ziemlicher Windhund.«

»Der Typ, der ins erste Rettungsboot springt, wenn das Schiff untergeht«, fuhr ihn ein Heiliger in der Uniform eines britischen Admirals an. »Ein Lump, bei George. Sie haben nicht einmal einer alten Dame über die Straße geholfen.«

»Ich habe nie eine alte Dame gesehen, die Hilfe brauchte!«

»Das bringt es auf den Punkt«, sagten sie einstimmig. »Sie waren zu selbstgefällig und egoistisch, um zu sehen, was wirklich um Sie herum vor sich ging.«

»Tut mir Leid«, antwortete Sterling demütig. »Ich hielt mich für einen ziemlich netten Typen. Ich wollte nie jemanden verletzen. Gibt es irgendetwas, womit ich es jetzt wieder gutmachen kann?«

Die Ratsmitglieder tauschten viel sagende Blicke.

»Bin ich wirklich so schlecht gewesen?«, rief Sterling. Er zeigte auf den Warteraum. »In der ganzen Zeit habe ich mit vielen Seelen gesprochen, die dort durchgekommen sind. Sie waren alle keine Heiligen! Im Übrigen habe ich jemanden direkt in den Himmel gehen sehen, der bei seiner Einkommenssteuer gemogelt hat. Den müssen Sie verpasst haben!«

Alle lachten. »Da haben Sie vollkommen Recht. Da hatten wir gerade Kaffeepause. Andererseits hat er viel für wohltätige Zwecke gespendet.«

»Und was ist mit seinem Golfspiel?«, fragte Sterling eifrig. »Ich habe niemals so geschummelt wie er. Und mir hat ein Golfball den Schädel durchschlagen. Auf dem Sterbebett habe ich dem Typen vergeben, der es getan hat. So nett wäre auch nicht jeder.«

Sie schauten ihn unverwandt an, während vor seinem geistigen Auge die Menschen auftauchten, die er enttäuscht hatte. Annie. Er war zu egoistisch gewesen, um sie zu heiraten, doch er hatte ihr immer neue Hoffnungen gemacht, denn er hatte sie nicht verlieren wollen. Nach seinem Tod war es für sie zu spät gewesen, eine Familie zu gründen, wie sie es sich immer gewünscht hatte. Jetzt war sie im Himmel. Er musste sie wiedersehen.

Sterling war niedergeschlagen. Er musste wissen, was ihm bestimmt war. »Was wollen Sie mir damit sagen?«, fragte er. »Werde ich nie in den Himmel kommen?«

»Witzig, dass Sie danach fragen«, erwiderte der Mönch. »Wir haben über Ihren Fall gesprochen und sind zu dem Entschluss gekommen, dass Sie der geeignete Kandidat für ein Experiment sind, das wir seit geraumer Zeit in Erwägung ziehen.«

Sterling spitzte die Ohren. Noch war nicht alles verloren.

»Ich liebe Experimente«, begeisterte er sich. »Ich bin Ihr Mann. Versuchen Sie es mit mir. Wann fangen wir an?« Er merkte, dass er allmählich wie ein Trottel klang.

»Sterling, halten Sie den Mund und hören Sie zu. Sie werden zurück auf die Erde geschickt. Ihr Job ist es, einen Menschen zu finden, der ein Problem hat, und ihm bei der Lösung zu helfen.«

»Zurück auf die Erde!« Sterling war wie vor den Kopf geschlagen.

Acht Häupter nickten gleichzeitig.

»Wie lange werde ich dort bleiben?«

»So lange, bis das Problem gelöst ist.«

»Heißt das, wenn ich gute Arbeit leiste, darf ich in den Himmel? Ich wäre Weihnachten gern dort.«

Sie schmunzelten. »Nicht so hastig«, sagte der Mönch. »Um es modern auszudrücken: Sie müssen eine Menge Vielfliegermeilen sammeln, bevor Sie einen Daueraufenthalt hinter jenem heiligen Tor genehmigt bekommen. Wenn Sie jedoch Ihre erste Aufgabe bis Heiligabend zu unserer Zufriedenheit erledigen, erhalten Sie einen auf vierundzwanzig Stunden befristeten Besucherausweis.«

Sterling sank der Mut. Na schön, dachte er. Jede lange Reise fängt mit einem kleinen Schritt an.

»Daran sollten Sie stets denken«, mahnte die Königin.

Sterling blinzelte. Er durfte nicht vergessen, dass sie Gedanken lesen konnte. »Woran werde ich die Person erkennen, der ich helfen soll?«, fragte er.

»Das gehört zum Experiment. Sie müssen lernen, die

Bedürfnisse anderer Menschen zu erkennen, und etwas unternehmen«, sagte eine junge Farbige in Schwesterntracht.

»Werde ich Hilfe bekommen? Ich meine, jemanden, mit dem ich reden kann, wenn ich mir nicht sicher bin, was zu tun ist? Ich will alles tun, um den Job ordentlich zu erledigen, verstehen Sie.«

Ich rede wieder dummes Zeug, dachte er.

»Es steht Ihnen jederzeit frei, um eine Beratung mit uns zu ersuchen«, versicherte ihm der Admiral.

»Wann fange ich an?«

Der Mönch drückte den Knopf auf dem Beratertisch. »Jetzt.«

Sterling spürte, wie sich unter ihm eine Falltür öffnete. Im Nu trudelte er an den Sternen vorbei, um den Mond herum, durch die Wolken und zischte plötzlich an einem hohen, herrlich erleuchteten Weihnachtsbaum vorbei. Seine Füße berührten die Erde.

»Mein Gott«, keuchte Sterling. »Ich bin im Rockefeller Center.«

Marissas dunkle Lockenpracht wallte über ihre Schultern, während sie über die Eisbahn im Rockefeller Center wirbelte. Mit drei Jahren hatte sie begonnen, Unterricht im Eiskunstlauf zu nehmen. Jetzt, mit sieben Jahren, war ihr das Schlittschuhlaufen in Fleisch und Blut übergegangen, und neuerdings war es das Einzige, das ihren Schmerz in Brust und Kehle linderte.

Die Musik wechselte, und Marissa passte sich dem neuen, sanfteren Walzer-Rhythmus an, ohne nachzudenken. Einen Augenblick lang redete sie sich ein, Daddy wäre bei ihr. Sie meinte seine Hand in der ihren zu spüren und ihre Großmutter NorNor vor sich zu sehen, die ihr zulächelte.

Dann fiel ihr ein, dass sie eigentlich nicht mit Daddy Schlittschuh laufen, geschweige denn mit ihm oder NorNor reden wollte. Sie waren fortgegangen und hatten sich kaum von ihr verabschiedet. Die ersten Male, als sie miteinander telefonierten, hatte sie gebettelt, sie sollten zurückkommen oder sich von ihr besuchen lassen, doch sie hatten gesagt, das ginge nicht. Wenn sie jetzt anriefen, wollte sie nicht mehr mit ihnen sprechen.

Es war ihr egal, redete sie sich ein.

Trotzdem schloss sie noch immer die Augen, wenn sie im Auto zufällig an NorNors Restaurant vorbeifuhr; es tat so weh, sich daran zu erinnern, wie viel Spaß es gemacht hatte, mit Daddy dorthin zu gehen. Es war immer voll dort gewesen, manchmal hatte NorNor Klavier gespielt, und die Leute hatten Daddy immer singen hören wollen. Manchmal hatten sie seine CD mitgebracht und ihn um ein Autogramm auf dem Cover gebeten.

Jetzt ging sie nicht mehr dorthin. Sie hatte gehört, wie Mommy zu Roy gesagt hatte – er war jetzt Mommys Ehemann –, dass das Restaurant ohne NorNor in Schwierigkeiten stecke und wohl bald schließen müsse.

Was hatten Daddy und NorNor sich nur dabei gedacht, als sie weggingen?, fragte sich Marissa. NorNor hatte behauptet, das Restaurant würde Pleite gehen, wenn sie nicht jeden Abend dort wäre. »Es ist mein Wohnzimmer«, hatte sie immer zu Marissa gesagt. »Man lädt nicht Leute zu sich ein und ist dann nicht da.«

Wenn NorNor ihr Restaurant so liebte, warum war sie dann weggegangen? Und wenn Daddy und NorNor *sie*, Marissa, so liebten, wie sie sagten, warum hatten die beiden sie dann allein gelassen?

Sie hatte sie seit fast einem Jahr nicht mehr gesehen. Heiligabend hatte sie Geburtstag. Dann würde sie acht Jahre alt werden, und obwohl sie noch immer sehr wütend auf Daddy und NorNor war, hatte sie Gott versprochen, wenn es an Heiligabend klingelte und die beiden stünden vor der Tür, dann wäre sie nie im Leben wieder gemein zu jemandem und würde Mommy mit den Babys helfen und nicht mehr die Gelangweilte spielen, wenn Roy andauernd dieselben blöden Geschichten erzählte.

Sie hatte sogar versprochen, nie wieder im Leben Schlittschuh zu laufen, wenn das Daddy und NorNor zurückbringen würde. Doch sie wusste, dass Daddy mit dem Versprechen nicht einverstanden wäre, denn er wollte bestimmt mit ihr auf die Eisbahn gehen, falls er jemals zurückkommen sollte.

Die Musik hörte auf, und Miss Carr, die Schlittschuhlehrerin, die zwölf Schülerinnen zu einem Ausflug mit ins Rockefeller Center genommen hatte, bedeutete ihnen, dass es an der Zeit sei zu gehen. Marissa drehte noch eine letzte Pirouette, ehe sie sich zum Ausgang begab. In dem Augenblick, als sie begann, ihre Schlittschuhe aufzuschnüren, fühlte sie wieder den Schmerz. Er legte sich um ihr Herz, füllte ihre Brust und stieg ihr dann wie eine Flutwelle in die Kehle. Obwohl es ihr schwer fiel, gelang es ihr, ihn so weit zu unterdrücken, dass ihr nicht die Tränen in die Augen stiegen.

»Du bist eine tolle Eiskunstläuferin«, sagte einer der Aufseher. »Du wirst noch ein Star wie Tara Lipinsky, wenn du groß bist.«

NorNor hatte ihr das auch dauernd gesagt. Ehe sie etwas dagegen tun konnte, begann sich Marissas Blick zu trüben. Sie wandte den Kopf ab, damit der Aufseher nicht merkte, dass sie beinahe heulte, und schaute direkt in die Augen eines Mannes, der an der Bande der Eisbahn stand. Er trug einen komischen Hut und einen Mantel, doch er hatte ein nettes Gesicht und schenkte ihr ein scheues Lächeln.

»Komm, Marissa«, rief Miss Carr, und Marissa, die den leicht miesepetrigen Ton heraushörte, trabte hinter den anderen Kindern her.

Es kommt mir vertraut und doch so anders vor«, murmelte Sterling vor sich hin, als er sich im Rockefeller Center umschaute. Zum einen war es damals, als er zum letzten Mal hier war, bei weitem nicht so voll gewesen. Jetzt war es schwarz vor Menschen. Einige hasteten mit Einkaufstüten voller Geschenke umher, während andere vor dem großen Baum stehen blieben und hinaufschauten.

Dieser Baum erschien ihm größer als der letzte, den er hier gesehen hatte – vor sechsundvierzig Jahren –, und er hatte mehr Lichter, als er in Erinnerung hatte. Er war prachtvoll, doch so ganz anders als das außerirdische Licht, das er im himmlischen Ratszimmer gesehen hatte.

Obwohl er auf der siebzigsten Straße gleich um die Ecke der Fifth Avenue aufgewachsen war und die meiste Zeit seines Lebens in Manhattan gewohnt hatte, überkam ihn plötzliches Heimweh nach dem Leben im Himmel. Er musste den Menschen finden, dem er helfen sollte, seine Aufgabe zu erfüllen.

Zwei kleine Kinder liefen auf ihn zu. Er trat zur Seite, ehe sie ihn umrannten. Dabei rempelte er eine Frau an, die den Baum bewunderte.

»Verzeihung«, sagte er. »Ich hoffe, ich habe Ihnen nicht wehgetan.« Sie sah ihn weder an, noch ließ sie erkennen, ob sie überhaupt ein Wort verstanden oder den Stoß gespürt hatte.

Sie weiß nicht, dass ich hier bin. Im ersten Moment war er total entsetzt. Wie soll ich jemandem helfen, wenn derjenige mich weder sehen noch hören kann, fragte er sich. Der Rat hat mich wahrhaftig ins kalte Wasser geschmissen.

Sterling schaute in die Gesichter der Vorbeigehenden. Sie redeten miteinander, lachten, trugen Pakete, zeigten auf den Baum. Niemand schien besonders bekümmert. Ihm fiel ein, dass der Admiral gesagt hatte, er habe noch nie einer alten Dame über die Straße geholfen. Vielleicht sollte er versuchen, jetzt eine zu finden.

Rasch ging er in Richtung Fifth Avenue und erschrak beim Anblick des starken Verkehrs. Er kam an einem Schaufenster vorbei und blieb stehen. Erstaunt betrachtete er sein Spiegelbild. Andere Menschen konnten ihn nicht sehen, doch er sah sich selbst. Er betrachtete sich im Fenster. Nicht schlecht, alter Junge, dachte er bewundernd. Zum ersten Mal seit dem schicksalhaften Morgen, als er zum Golfplatz aufgebrochen war, erblickte er sein Spiegelbild, sein grau meliertes Haar, den zurückweichenden Haaransatz im Frühstadium, seine leicht kantigen Gesichtszüge, seinen schlanken, muskulösen Körper. Er trug seine Winterkleidung: einen dunkelblauen Chesterfield-Mantel mit Samtkragen, seinen Lieblingshut, einen grauen Filzhomburg, und graue Kalbsleder-Handschuhe. Als er sah, was die anderen Leute anhatten, merkte er, dass seine Kleidung irgendwie aus der Mode gekommen sein musste.

Wenn die Leute mich sehen könnten, würden sie glauben, ich wäre auf dem Weg zu einer Kostümparty, dachte er.

Auf der Fifth Avenue schaute er nach Norden. Sein bester Freund hatte bei American President Lines gearbeitet. Das Büro gab es nicht mehr. Viele Läden und Firmen, an die er sich erinnerte, waren durch andere ersetzt worden. Tja, es waren eben sechsundvierzig Jahre seither vergangen, dachte er. Und, wo ist jetzt die nette alte Dame, die Hilfe braucht?

Es war beinahe so, als hätte der Rat ihn gehört. Eine ältere Frau mit Stock wollte die Straße überqueren, als die Ampel gerade auf Rot sprang. Das ist zu gefährlich, dachte er, obwohl der Verkehr nur langsam vorankam.

Mit langen Schritten wollte er ihr schon zu Hilfe eilen, musste jedoch bekümmert feststellen, dass bereits ein junger Mann die Notlage der alten Dame erkannt und sie bereits am Ellbogen gepackt hatte.

»Lassen Sie mich in Ruhe«, kreischte sie. »Ich bin lange Zeit ohne Ihresgleichen zurechtgekommen. Sie wollen doch eh nur meine Handtasche klauen.«

Der junge Mann murmelte etwas vor sich hin, ließ ihren Arm los und sie mitten auf der Straße stehen. Ein Hupkonzert setzte ein, doch die Autos hielten an, während die alte Dame in aller Gemütsruhe ihren Weg über die Straße fortsetzte.

Damit dürfte klar sein, dass der Rat mich ihretwegen auf die Erde zurückgeschickt hat, dachte Sterling bei sich.

Vor den Schaufenstern von Saks auf der Fifth Avenue stand eine lange Schlange. Er fragte sich, was es dort wohl außer Kleidern zu sehen gab. Aus den Augenwinkeln nahm er die spitzen Türme der Saint Patrick's Cathedral wahr, und das Gefühl, keine Zeit verlieren zu dürfen, verstärkte sich.

Lass mich mal überlegen, dachte er. Ich bin hierher geschickt worden, um jemandem zu helfen, und man hat mich im Rockefeller Center abgesetzt. Da ist es doch nahe liegend, dass meine Aufgabe hier beginnen soll. Sterling drehte sich um und ging denselben Weg zurück.

Immer sorgfältiger nahm er die Gesichter der Vorübergehenden in Augenschein. Ein Pärchen ging vorbei; beide trugen hautenge Lederkleidung und schienen außerdem skalpiert worden zu sein. Gepiercte Nasen und Augenbrauen rundeten das Modebekenntnis ab. Er versuchte, nicht zu gaffen. Die Zeiten haben sich in der Tat geändert, dachte er.

Während er sich durch die Menschenmenge lavierte, spürte er, dass es ihn erneut zum majestätischen Weihnachtsbaum zog, den Mittelpunkt der Weihnachtszeit im Rockefeller Center.

Auf einmal stand er neben einem eher traditionell wirkenden jungen Paar, das sich an den Händen hielt und anscheinend sehr verliebt war. Er kam sich vor wie ein Lauscher, doch er musste hören, was sie sagten. Aus irgendeinem Grund war er sich sicher, dass der junge Mann seiner Freundin gerade einen Heiratsantrag machen wollte. Nun mach schon, dachte er. Ehe es zu spät ist.

»Ich meine, es ist an der Zeit«, sagte der junge Mann.

»Finde ich auch.« Die Augen der jungen Frau strahlten.

Wo ist der Ring?, fragte sich Sterling.

»Wir ziehen für sechs Monate zusammen, und dann sehen wir, wie's klappt.«

Die junge Frau war selig. »Ich bin ja so glücklich«, flüsterte sie.

Kopfschüttelnd wandte Sterling sich ab. Zu meiner Zeit hat es so etwas nicht gegeben, sagte er sich. Ein wenig entmutigt trat er an das Geländer über der Eisbahn und schaute hinunter. Gerade war die Musik zu Ende, und die Eisläufer strebten dem Ausgang zu. Er sah ein kleines Mädchen, das noch einen letzten Schnörkel drehte. Sie ist sehr gut, dachte er bewundernd.

Kurz darauf schaute sie auf, und er sah, dass sie versuchte, Tränen zu unterdrücken. Ihre Blicke trafen sich. Ob sie mich sieht?, fragte sich Sterling. Er wusste es nicht, doch er war sicher, dass sie seine Anwesenheit gespürt hatte und dass sie ihn brauchte. Als er ihr hinterherschaute und sah, wie sie langsam mit hängenden Schultern vom Eis fuhr, wusste er mit Bestimmtheit, dass sie diejenige war, der er helfen sollte.

Er beobachtete, wie sie in ihre Straßenschuhe schlüpfte und dann die Treppe von der Eisbahn heraufkam. Für einen Augenblick verlor er sie in der Menge aus den Augen, doch dann holte er sie wieder ein, gerade als sie in einen Kleinbus mit der Aufschrift MADISON VILLAGE SCHOOLS stieg, der auf der neunundvierzigsten Straße wartete. Dahin fahren sie also, dachte er – nach Long Island. Er hörte, wie die Lehrerin seine neue kleine Schutzbefohlene mit dem Namen Marissa anredete. Sie war offenbar die jüngste Schülerin in der Gruppe, ging gleich nach hinten durch und setzte sich allein in die letzte Reihe. Er hatte sich schnell daran gewöhnt, dass niemand ihn sehen konnte, so dass er dem kleinen Mädchen entspannt in den Bus folgte und sich auf den Sitz im Mittelgang ihr gegenüber setzte. Sie schaute ein paarmal in seine Richtung, als wäre sie sich seiner Gegenwart bewusst.

Sterling lehnte sich zurück. Er war auf dem richtigen Weg. Er schaute zu Marissa hinüber, die mit geschlossenen Augen an der Fensterscheibe lehnte. Was lag dem kleinen Mädchen so schwer auf der Seele? An wen dachte sie?

Er konnte es kaum erwarten zu sehen, was bei ihr zu Hause vor sich ging.

»Ich kann's nicht glauben. Noch ein Weihnachtsfest, an dem Mama so weit weg ist.« Eddie Badgett war den Tränen nahe. »Meine Heimat fehlt mir. Ich vermisse meine Mama. Ich will sie sehen.«

Auf seinem rot angelaufenen Gesicht zeigten sich Kummerfalten. Er fuhr sich mit dicken Fingern durch das üppige, angegraute Haar.

Die Weihnachtszeit hatte Eddie in ein emotionales Tief gestürzt, über das ihn auch sein beträchtlicher weltlicher Wohlstand, angehäuft durch Kreditbetrug und Spekulationsgewinne, nicht hinwegzutrösten vermochte.

Er redete mit seinem Bruder Junior, der vierundfünfzig war und somit drei Jahre jünger als er. Junior war nach ihrem Vater benannt, der die meiste Zeit, solange seine Söhne denken konnten, in einem feuchten Gefängnis in Wallonia gesessen hatte, einer Gegend an der Grenze zu Albanien.

Die Brüder hielten sich in dem Raum auf, den ihr sündhaft teurer Dekorateur großspurig als Bibliothek bezeichnete und mit Büchern angefüllt hatte, die keiner von beiden je zu lesen beabsichtigte.

Das Herrenhaus der Badgetts, errichtet auf einem fünf Hektar großen Grundstück an der Goldküste im Norden Long Islands, war ein Tribut an die Fähigkeit der Brüder, niemanden an ihr hart verdientes Vermögen heranzulassen.

Charlie Santoli, ihr Anwalt, saß bei ihnen in der Bibliothek an dem verzierten Marmortisch. Seine Aktentasche stand neben ihm; vor ihm lag ein aufgeschlagener Ordner.

Santoli, ein kleiner, ordentlicher Mann in den Sechzigern mit dem unglücklichen Hang, seine tägliche Toilette mit einer beträchtlichen Menge Rasierwasser Marke *Many Elegance* zu krönen, beäugte die Brüder mit der üblichen Mischung aus Verachtung und Angst.

Häufig kam ihm in den Sinn, dass die Brüder von ihrer äußeren Erscheinung her einer Bowlingkugel und einem Baseballschläger ähnelten. Eddie war klein, gedrungen, rundlich, hart. Junior war groß, schlank, kraftvoll. Und unheimlich – er konnte mit seinem Lächeln oder auch dem Grinsen, das er für umwerfend hielt, die Temperatur sinken lassen.

Charlie hatte einen trockenen Mund. Es war seine unselige Pflicht, den Brüdern mitzuteilen, dass es ihm nicht gelungen sei, ihren Prozess noch einmal vertagen zu lassen, in dem sie wegen dunkler Machenschaften, Kreditbetrugs, Brandstiftung und versuchten Mordes angeklagt waren. Das bedeutete, Billy Campbell, der hübsche, dreißigjährige, aufsteigende Rocksänger, und Nor Kelly, seine glamouröse Mutter, alternde Nachtclubsängerin und beliebte Restaurantbesitzerin, würden rasch aus dem Versteck geholt und vor das Bundesgericht geladen werden. Ihre Zeugenaussage würde Eddie und Junior in Gefängniszellen befördern, die sie mit Bildern von Mama zukleistern konnten, die sie nie wiedersehen würden. Doch Santoli wusste, dass die Brüder selbst vom Gefängnis aus noch dafür sorgen konnten, dass Billy Campbell nie wieder auch nur einen Ton singen und dass seine Mutter Nor Kelly nie wieder einen Stammgast in ihrem Restaurant begrüßen würde.

»Sie bringen ja vor lauter Angst kein Wort heraus«, blaffte Junior ihn an. »Aber schießen Sie nur los. Wir sind ganz Ohr.«

»Ja«, echote Eddie, der sich die Augen trocken tupfte und die Nase schnäuzte, »wir sind ganz Ohr.«

Madison Village lag ein paar Autobahn-Ausfahrten hinter Syosset auf Long Island.

Auf dem Parkplatz der Schule stieg Sterling mit Marissa aus dem Kleinbus. Nasse Schneeflocken wirbelten durch die Luft. Ein Mann Ende dreißig mit schütterem, sandfarbenem Haar – groß, schlaksig, ein Mann, den Sterlings Mutter als »einen langen Lulatsch« bezeichnet hätte – rief Marissa und winkte heftig.

»Hier bin ich, Schätzchen. Mach schnell. Hast du keinen Hut auf? Erkälte dich nur nicht.«

Marissa stöhnte und lief auf einen beigefarbenen Pkw zu. Er war zwischen einem halben Dutzend Fahrzeugen abgestellt, die Sterling eher für Lastwagen als für Autos gehalten hätte. Auf der Schnellstraße waren sie ihm bereits aufgefallen. Er zuckte mit den Schultern. Noch etwas, das sich in den letzten sechsundvierzig Jahren verändert hatte.

Marissa sagte: »Hi, Roy!«, und sprang auf den Beifahrersitz. Sterling quetschte sich hinten zwischen zwei winzige Sitze, die offensichtlich für sehr kleine Kinder gedacht waren. Was lassen sie sich als Nächstes einfallen, fragte sich Sterling. Als ich ein Dreikäsehoch war, habe ich beim Fahren auf dem Schoß meiner Mutter gesessen und durfte ihr beim Lenken helfen.

»Wie geht es denn unserer kleinen Olympionikin im Eiskunstlauf?«, fragte Roy. Sterling merkte, dass er sich nach Kräften um gut Wetter bemühte, doch er kam bei Marissa nicht an.

»Gut«, erwiderte sie ohne eine Spur von Begeisterung.

Wer ist dieser Mann, fragte sich Sterling. Er kann nicht ihr Vater sein. Vielleicht ein Onkel? Der Freund der Mutter?

»Leg den Sicherheitsgurt an, Prinzessin«, mahnte Roy in aufgesetzt fröhlichem Ton.

Schätzchen? Prinzessin? Olympionikin im Eiskunstlauf? Wie peinlich, dachte Sterling.

Quatsch nicht, dachte Marissa.

Verdutzt sah Sterling zu Roy hinüber, wie er reagieren würde. Nichts passierte. Roy schaute geradeaus und konzentrierte sich auf die Straße. Seine Hände umklammerten das Lenkrad, und er fuhr zehn Meilen weniger als erlaubt.

Auf Schlittschuhen wäre ich schneller zu Hause, raunte Marissa.

Sterling war ungeheuer erfreut, als er merkte, dass er nicht nur die Macht hatte, ihr auf Verlangen zu erscheinen, sondern dass er auch ihre Gedanken lesen konnte, wenn er sich einschaltete. Der Himmlische Rat hatte ihn anscheinend mit bestimmten Fähigkeiten und Kräften ausgestattet, doch es blieb ihm überlassen, herauszufinden, wie weit sie reichten. Man würde es ihm nicht gerade leicht machen.

Er lehnte sich zurück. Obwohl er nicht leibhaftig dort saß, empfand er es doch als unbequem, sich zwischen die Kindersitze quetschen zu müssen. Ähnlich war es ihm ergangen, als er die Frau am Geländer der Eislaufbahn angerempelt hatte.

Der Rest der siebenminütigen Heimfahrt verlief schweigend, bis auf das Radio, aus dem besonders seichte Musik dudelte.

Marissa fiel ein, dass sie den Sender, der dieses Zeug spielte, einmal in Daddys Auto eingestellt hatte. Er hatte gesagt: »Du machst wohl Witze! Hab ich dir keinen Musikgeschmack beigebracht?«

»Das ist der Sender, den Roy hört!«, hatte Marissa triumphierend gebrüllt. Sie hatten beide gelacht.

»Wieso deine Mutter mich für ihn verlassen hat, werde ich nie begreifen«, hatte Daddy sich gewundert.

So ist das also, dachte Sterling. Roy ist ihr Stiefvater. Aber wo ist ihr Vater, und warum ist sie traurig und wütend, wenn sie, so wie jetzt, an ihn denkt?

»Roy holt sie gerade ab. Sie sind jeden Moment hier, aber ich glaube nicht, dass sie mit dir sprechen will, Billy. Ich habe ihr erklärt, dass es nicht deine Schuld ist, wenn du und Nor eine Weile fortbleiben müsst, aber sie kauft es mir nicht ab.« Denise Ward telefonierte von ihrem schnurlosen Telefon aus mit Marissas Vater, ihrem Exmann, und versuchte, ihre zweijährigen Zwillingsjungen davon abzuhalten, den Weihnachtsbaum umzureißen.

»Ich verstehe, aber es bringt mich schier um, dass …«

»Roy Junior, lass die Finger vom Lametta!«, unterbrach Denise ihn mit erhobener Stimme. »Robert, lass das Jesuskind in Ruhe. Ich hab gesagt … Moment mal, Billy.«

Zweitausend Meilen entfernt hellte sich Billy Campbells besorgte Miene einen Moment lang auf. Er hielt den Hörer hoch, so dass seine Mutter, Nor Kelly, die Unterhaltung mitbekam. Nun hob er die Augenbrauen. »Ich glaube, das Jesuskind ist gerade durchs Zimmer geflogen«, flüsterte er.

»Tut mir Leid, Billy«, sagte Denise, wieder am Telefon. »Weißt du, hier geht es gerade drunter und drüber. Die Krümelmonster sind total aufgedreht wegen Weihnachten. Ruf doch einfach in einer Viertelstunde noch mal an, obwohl es reine Zeitverschwendung sein wird. Marissa will einfach weder mit dir noch mit Nor reden.«

»Denise, ich weiß, du hast alle Hände voll zu tun«, sagte Billy Campbell mit ruhiger Stimme. »Du hast die Pakete bekommen, die wir geschickt haben, aber gibt es irgendetwas, das Marissa wirklich braucht? Vielleicht hat sie etwas Besonderes erwähnt, das ich ihr noch besorgen könnte.«

Es krachte im Hintergrund, und ein Zweijähriger fing an zu heulen.

»Ach du meine Güte, der Waterford-Engel.« Denise Ward schluchzte beinahe. »Bleib da weg, Robert. Hörst du? Du schneidest dir in die Finger!« Wutschnaubend fuhr sie Billy an: »Du willst wissen, was Marissa braucht, Billy? Sie braucht dich und Nor, und sie braucht euch beide bald. Ich mach mir tierisch Sorgen um sie. Roy auch. Er reißt sich für sie die Beine aus, aber sie reagiert einfach nicht.«

»Was glaubst du denn, wie ich mich fühle, Denise?«, fragte Billy, jetzt etwas lauter. »Ich würde meinen rechten Arm hergeben, um bei Marissa zu sein. Jeder Tag, an dem ich nicht mit ihr zusammen bin, zerreißt mir das Herz. Ich bin dankbar, dass Roy für sie da ist, aber sie ist mein Kind und sie fehlt mir.«

»Dabei fällt mir gerade ein, was für ein Glück ich hatte, einen zuverlässigen Mann kennen gelernt zu haben, der einen netten, beständigen Job hat, der nicht nächtelang wegbleibt und in einer Rockband spielt und sich nicht in solche Situationen bringt, dass er aus der Stadt verduften muss.« Denise holte kaum Luft. »Marissa leidet. Hast du das kapiert, Billy? In vier Tagen hat sie Geburtstag. Heiligabend. Ich weiß nicht, wie es ihr geht, wenn du nicht da bist. Das Kind fühlt sich im Stich gelassen.«

Nor Kelly sah den Schmerz auf dem Gesicht ihres Sohnes, als er sich die Hand auf die Stirn legte. Ihre Exschwiegertochter war eine gute Mutter, doch sie war bald am Ende ihrer Kräfte aus Frust über die Situation. Sie sollten Marissa zuliebe zurückkehren, doch wenn sie es täten, wäre sie außer sich vor Sorge, dass Marissa in Gefahr sein könnte.

»Also, Billy, ich sag ihr, dass du angerufen hast. Ich muss jetzt Schluss machen. Ach, Moment noch. Gerade fährt der Wagen in die Einfahrt. Ich schau mal, ob sie mit dir reden will.«

Ein nettes Haus, dachte Sterling, als er Marissa und Roy die Treppe hinauf folgte. Tudorstil. Tannenbäume, über und über mit blauen Lichtern bestückt. Auf dem Rasen ein kleiner Schlitten mit dem Weihnachtsmann und acht Rentieren. Alles tadellos. Roy war bestimmt ein Spießer.

Roy schloss die Haustür auf und öffnete sie schwungvoll. »Wo sind denn meine Krümelmonster?«, rief er fröhlich. »Roy Junior, Robert, euer Daddy ist wieder da.«

Sterling sprang zur Seite, als zwei identische Kleinkinder mit sandfarbenem Haar auf sie zugerannt kamen. Er konnte einen Blick ins Wohnzimmer werfen, in dem eine hübsche blonde Frau, die äußerst genervt aussah, einen Hörer ohne Schnur in der Hand hielt (offensichtlich noch eine Neuerung seit Sterlings Ableben). Sie winkte Marissa zu sich. »Dein Dad und NorNor wollen so gern mit dir sprechen«, sagte sie.

Marissa ging ins Wohnzimmer, nahm ihrer Mutter den Hörer aus der Hand und legte ihn zu Sterlings Verblüffung auf. Dann lief sie, Tränen in den Augen, die Treppe hinauf.

Oha, dachte Sterling.

Er wusste noch nicht, wo das Problem lag, doch er konnte den hilflosen Blick nachempfinden, den Marissas Mutter mit ihrem Mann wechselte. Sieht so aus, als hätte ich hier alle Hände voll zu tun, entschied er. Marissa braucht *jetzt* Hilfe.

Er folgte Marissa die Treppe hinauf und klopfte an ihre Zimmertür.

»Bitte, lass mich in Ruhe, Mom. Ich hab keinen Hunger, und ich will nichts essen.«

»Es ist nicht deine Mom, Marissa«, sagte Sterling.

Er hörte, wie der Schlüssel umgedreht wurde. Langsam öffnete sich die Tür. Marissa riss die Augen auf, und ihre bekümmerte Miene wich ungläubigem Staunen. »Ich habe dich gesehen, als ich Schlittschuh gelaufen bin, und dann, als ich in den Van stieg«, flüsterte sie.

»Aber dann habe ich dich nicht mehr gesehen. Bist du ein Geist?«

Sterling schenkte ihr ein Lächeln. »Nicht so richtig. Ich bin eher so was wie ein Engel, aber ich bin kein echter Engel. Deshalb bin ich im Übrigen auch hier.«

»Du willst mir helfen, nicht wahr?«

Zärtlichkeit stieg in Sterling auf, als er in Marissas besorgte blaue Augen schaute. »Nichts möchte ich lieber, als dir helfen. Mir und dir zuliebe.«

»Hast du Ärger mit Gott?«

»Sagen wir so, er ist zurzeit nicht gerade gut auf mich zu sprechen. Er meint, ich sei noch nicht reif für den Himmel.«

Marissa verdrehte die Augen. »Ich kenne viele Menschen, die nie in den Himmel kommen.«

Sterling lachte. »Es hat ein paar Menschen gegeben, von denen ich sicher war, dass sie es nicht schaffen würden, und die sind jetzt so gut wie alle anderen da oben.«

»Was du nicht sagst«, wunderte sich Marissa. »Willst du nicht reinkommen? Ich habe einen Stuhl, der groß genug war für meinen Vater, wenn er rüberkam, um mir bei den Hausaufgaben zu helfen.«

Sie ist reizend, dachte Sterling und folgte ihr in das geräumige Zimmer. Eine richtige kleine Persönlichkeit. Er war froh, dass Marissa ihn instinktiv für einen guten Geist hielt, dem sie vertrauen konnte. Schon sah sie ein wenig glücklicher aus.

Er ließ sich auf dem Lehnstuhl nieder, den sie ihm anbot, und merkte, dass er seinen Hut noch nicht abgesetzt hatte. »Oh, Verzeihung«, murmelte er, setzte den Hut ab und legte ihn ordentlich auf den Schoß.

Marissa zog ihren Schreibtischstuhl hervor und nahm

Platz wie eine höfliche Gastgeberin. »Ich würde dir gern etwas zu trinken und ein paar Plätzchen oder so anbieten, aber wenn ich runtergehe, wollen sie, dass ich mit zu Abend esse.« Sie rümpfte die Nase. »Mir fällt da gerade etwas ein. Bekommst du eigentlich Hunger? Kannst du essen? Weil es so aussieht, als wärst du da, aber nicht richtig.«

»Ich versuche gerade selbst, das alles herauszufinden«, gab Sterling zu. »Das ist mein erster Versuch auf diesem Gebiet. Sag mal, warum willst du nicht mit deinem Dad sprechen?«

Marissa schaute zu Boden, und ein Schatten fiel über ihr Gesicht. »Er will mich nicht besuchen kommen, und er will nicht, dass ich ihn besuche, und NorNor auch nicht – sie ist meine Großmutter. Und wenn sie mich nicht sehen wollen, will ich sie auch nicht sprechen.«

»Wo wohnen sie?«

»Weiß ich nicht«, platzte es aus Marissa heraus. »Sie wollen es mir nicht sagen, und Mom weiß es nicht. Sie hat gesagt, sie verstecken sich vor schlechten Menschen, die ihnen etwas antun wollen, und sie können erst wieder zurückkommen, wenn es sicher ist, aber in der Schule sagen die Kinder, sie glauben, Daddy und NorNor sind in Schwierigkeiten geraten und weggelaufen.«

Was ist wohl der wahre Grund?, fragte sich Sterling. »Wann hast du sie denn zum letzten Mal gesehen?«

»Letztes Jahr, zwei Tage nach Weihnachten habe ich sie *richtig* gesehen. Daddy und ich sind Schlittschuh laufen gegangen. Dann sind wir zum Mittagessen ins Restaurant von NorNor gefahren. Wir wollten am Silvestermorgen in die Radio City Music Hall gehen, aber er und NorNor mussten weg. Sie stürmten rein, als ich noch gar nicht richtig wach war, und verabschiedeten sich. Sie haben mir nicht gesagt, wann sie zurückkommen, und das ist jetzt fast ein Jahr her.« Sie überlegte kurz. »Ich muss Daddy sehen, ich muss NorNor sehen.«

Sie ist todunglücklich, dachte Sterling. Er kannte diese Art Herzschmerz. Es war wie das Verlangen, das ihn überkommen hatte, als er Annie am Fenster vorbei in den Himmel hatte schweben sehen.

»Marissa ...« Es klopfte an der Tür.

»Oh, ich hab es gewusst«, sagte Marissa. »Mom wird dafür sorgen, dass ich zum Abendessen runterkomme. Ich habe keinen Hunger, und ich will nicht, dass du weggehst.«

»Marissa, ich muss an deinem Problem arbeiten. Ich komme wieder und sage dir gute Nacht.«

»Versprochen?«

»Marissa.« Wieder klopfte es an der Tür.

»Ja, aber du musst mir auch etwas versprechen«, sagte Sterling hastig. »Deine Mom macht sich große Sorgen um dich. Gib ihr eine Chance.«

»Okay. Sogar Roy werde ich eine Chance geben, und Hühnchen esse ich sowieso ganz gern. Mom, ich komme!«, rief sie. Sie drehte sich zu Sterling um, hob ihre Hand und wartete, dass er dagegen schlug.

»Was soll das denn?«, fragte Sterling.

Marissa konnte es nicht glauben. »Du musst ganz schön alt sein. Jeder weiß doch, was damit gemeint ist.«

»Ich bin nicht auf dem Laufenden«, gab Sterling zu. Dann folgte er ihrem Beispiel und streckte ihr die offene Hand hin, gegen die Marissa schwungvoll klatschte.

Frühreif, dachte er und lächelte. »Bis später«, flüsterte er.

»Klasse. Vergiss deinen Hut nicht. Ich will ja nicht gemein sein, aber der sieht wirklich blöd aus.«

»Marissa, das Essen wird kalt«, rief ihre Mutter.

»Das Essen ist immer kalt«, flüsterte Marissa Sterling zu, der sie zur Tür begleitete. »Roy braucht ewig, bis er das Tischgebet gesprochen hat. Daddy sagt, Mommy sollte lieber bei Aufschnitt bleiben.«

Sie legte die Hand an den Türknauf. »Mommy kann dich nicht sehen, oder?«

Sterling schüttelte den Kopf und verschwand.

Der Ausschuss im himmlischen Konferenzraum hatte Sterlings Unternehmungen mit Interesse verfolgt. »Er hat sofort Kontakt aufgenommen. Hat die alte Birne benutzt, würde ich meinen«, sagte der Admiral anerkennend.

»Die Kleine ist so unglücklich«, sagte die Nonne leise.

»Und nicht zu knapp«, teilte der Mönch seine Beobachtung mit. »Dennoch muss ich sagen, dass es zu meiner Zeit anders war. Sterling ist im Begriff, um Rücksprache mit uns zu bitten. Ich denke, wir sollten sie ihm gewähren.«

»So soll es sein«, lautete das einstimmige Votum.

Sterling hatte sich vor dem leise rieselnden Schnee unter dem überhängenden Dach von Marissas Haus in Sicherheit gebracht. Er war tief in Gedanken versunken. Ich könnte mich in der Stadt umsehen und versuchen, etwas über ihren Vater und ihre Großmutter herauszubekommen, dachte er, doch es gibt einen einfacheren Weg, sich einen Überblick zu verschaffen, für den ich den Rat um Erlaubnis bitten müsste.

Er schloss die Augen. Noch ehe er Zeit hatte, die Bitte vorzubringen, fand er sich bereits im Konferenzraum wieder. Erleichtert las er von ihren Gesichtern ab, dass seine heiligen Mentoren ihm anscheinend mit vorsichtigem Wohlwollen begegneten.

»Wie ich sehe, haben Sie versucht, eine alte Frau in Not zu finden.« Der Admiral lachte in sich hinein. »Der junge Mann, der Ihnen zuvorgekommen, hat ja eine schöne Überraschung erlebt. Die Alte war ziemlich kratzbürstig, würd ich sagen.«

»Wenigstens hat Sterling keine Minute verloren, als er auf die Erde kam«, meinte die Krankenschwester anerkennend.

Sterling brannten die Wangen, als er das Lob vernahm. »Danke, vielen Dank. Sie werden verstehen, dass ich auch jetzt keine Minute verlieren will. Ich glaube, ich kann Marissa am besten helfen, wenn ich die Ursache ihres Problems kenne.

Marissas Vater und Großmutter hatten vor, sie am vergangenen Silvestermorgen in die Radio City Music Hall zu nehmen. Doch kurz davor muss etwas schief gegangen sein. Sie kamen an jenem Tag sehr früh zu ihr, um ihr zu sagen, dass sie eine Weile fortgehen müssten.«

Der Mönch nickte. »Um an die Wurzel der meisten Probleme zu gelangen, muss man in der Vergangenheit graben.«

Der Schäfer, der bisher sehr still gewesen war, meldete sich plötzlich zu Wort. »Die Probleme der meisten Menschen reichen weit zurück. Sie hätten meine Familie kennen lernen sollen. Was glauben Sie denn, warum ich Schäfer geworden bin? Der einzige Ort, an dem ich ein wenig Frieden hatte, war draußen auf dem Hügel.«

Alle lachten. »Mich müssen Sie gar nicht erst fragen«, sagte die Königin. »Die Probleme meiner Familie waren Gesprächsstoff im ganzen Königreich.«

Der Mönch räusperte sich. »Ich glaube, wir alle verstehen Sie, Sterling. Wir wissen, warum Sie hier sind. Sie bitten um Erlaubnis, die Zeit zurückdrehen zu dürfen, um zu erfahren, warum Marissas Vater und ihre Großmutter die Stadt verlassen mussten.«

»Das stimmt, Sir«, sagte Sterling demütig. »Vielleicht meinen Sie, dass Sie mir den Job zu einfach machten, wenn Sir mir die Bitte gewährten, und natürlich erwarte ich keine Sondervergünstigungen, wenn das der Fall sein sollte.«

»Wenn Sie sehen, worum es hier geht, brauchen Sie vielleicht ein paar Sondervergünstigungen«, sagte der Matador nüchtern. »Ich persönlich bin der Meinung, dass Sie zu zwei Stieren in die Arena gehen, nicht nur zu einem, und ...«

Der Mönch unterbrach den Matador. »Das soll Sterling selbst herausfinden.« Er streckte die Hand nach dem Knopf aus.

Das ging schnell, dachte Sterling, als er wieder durch das Sonnensystem trudelte. Sie schicken mich auf einem anderen Weg zurück. Vermutlich, weil ich in eine andere Zeit zurückkehre.

Schon stand er auf dem Parkplatz eines einladend aussehenden Restaurants. Scheint ganz schön beliebt zu sein, vermutete er. Durch die Fenster sah er, dass drinnen viel Betrieb herrschte. Um sich zu orientieren, ging er ans Ende der Auffahrt und las das Schild: BEI NOR.

Sehr gut, dachte er. Das Restaurant von Marissas

Großmutter. Er musste nicht Sherlock Holmes sein, um festzustellen, dass er als Nächstes hineingehen und sich umschauen musste. Er ging auf der Zufahrt wieder zurück, stieg die Treppe hinauf, überquerte die Veranda und wollte schon die Tür öffnen.

Ich kann doch einfach so hindurchgehen, tadelte er sich. Wozu unnötig Energien verbrauchen? Eine scharfe Brise begleitete ihn nach drinnen. An einem kleinen Schreibpult stand eine gut gebaute Frau Anfang sechzig mit blonden Haaren, die mit einem juwelengeschmückten Kamm zu einem losen Knoten aufgesteckt waren, und las in dem Reservierungsbuch.

Sie schaute auf. Blonde Haarsträhnen fielen ihr in die Stirn.

Eine sehr attraktive Frau und sehr auffallend, dachte Sterling.

»Ich könnte schwören, ich hätte die Tür fest zugemacht«, murmelte Nor Kelly vor sich hin. Mit zwei schnellen Schritten war sie bei ihm und zog einmal kräftig an der Tür.

»NorNor, setz dich hin. Dein Kaffee steht hier«, ertönte eine Kinderstimme.

Eine vertraute Stimme. Sterling drehte sich mit einem Ruck um und betrachtete den Raum. Mit Mahagoni getäfelte Wände, weiß gedeckte Tische, auf denen rotweiße Kerzen für eine fröhliche, anheimelnde Atmosphäre sorgten. Im rechten Winkel zur Bar stand ein Klavier. An Wänden und Fenstern blinkten Lichterketten, und im Hintergrund spielte festliche Weihnachtsmusik.

»NorNor«, rief das Kind noch einmal.

Er ließ den Blick durch den überfüllten Raum schweifen. Ein kleines Mädchen stand an einem Ecktisch direkt rechts von der Tür. Sie schaute in seine Richtung. Es war Marissa! Sie sah etwas jünger aus, trug die Haare ein wenig kürzer, doch der auffälligste Unterschied war, dass sie glücklich wirkte. Ihre Augen blitzten, ihre Lippen waren zu einem Lächeln verzogen und sie trug ein hellrotes Eislaufkostüm. Ein verblüffend gut aussehender Mann Ende zwanzig mit blauen Augen und dunklem Haar war bei ihr.

Billy Campbell, dachte Sterling. Sieht aus wie ein Filmschauspieler. Ich wünschte, ich hätte so ausgesehen, als ich noch lebte. Dabei konnte ich mich wahrhaftig nicht beschweren.

Nor schaute auf. »Ich komme gleich, Rissa.«

Marissa hatte ihn offenbar nicht gesehen. Natürlich, dachte Sterling. Wir sollen uns ja auch erst im nächsten Jahr kennen lernen.

Er schlenderte an den Tisch und nahm gegenüber von Marissa Platz. Wie anders sie ist, dachte er liebevoll.

Sie hatte mit ihrem Vater zusammen zu Mittag gegessen. Die Rinden eines gegrillten Käsesandwichs lagen auf Marissas Teller. Auch ich mochte keine Rinden, fiel Sterling dabei ein.

»Daddy, bitte, nimm mich doch mit zu der Party, ja?«, bettelte Marissa und spielte mit ihrem Strohhalm. »Ich hör dich und NorNor so gerne singen, und ich versprech auch, keine Nervensäge zu sein.«

»Du bist nie eine Nervensäge, Rissa«, sagte Billy und zog sie sanft an den Haaren. »Aber diese Party ist nichts für Kinder, glaub mir.«

»Ich will sehen, wie das große Haus von innen aussieht.«

»Das wollen viele«, murmelte Billy und hob eine Augenbraue. »Hör zu, wir gehen Silvester in die Radio City Music Hall. Das macht viel mehr Spaß. Ehrlich.«

»In der Schule hat jemand gesagt, dass die Männer, denen das Haus gehört, wie die Leute in der Serie *Die Sopranos* sind.«

Billy lachte. »Ein Grund mehr, dich nicht dorthin mitzunehmen, Kleines.«

Sopranos? dachte Sterling.

Nor Kelly glitt auf den Stuhl neben Marissa. »Vergiss nicht, dass deine andere Oma heute Abend pünktlich zu euch zum Essen kommt. Du hast dich auf sie gefreut.«

»Sie bleibt drei Tage. Ich kann sie morgen auch noch sehen. Ich will die Gelegenheit nicht verpassen, euch beide singen zu hören.«

»Du bist zu jung für ein Groupie«, sagte Billy augenzwinkernd.

Groupie? So viele neue Wörter, dachte Sterling.

»Daddy, alle mögen deinen neuen Song. Du wirst so berühmt!«

»Das ist er schon, Rissa«, versicherte ihr Nor.

Ich verstehe, warum Marissa sie so vermisst hat, dachte Sterling. Bei ihnen ist sie in ihrem Element. Er hatte Nor Kelly und Billy Campbell bereits fest in sein Herz geschlossen. Sie waren eindeutig Mutter und Sohn, und Marissa hatte die blauen Augen, die helle Haut und das gute Aussehen von ihnen geerbt. Nor und Billy besaßen eine unglaubliche Ausstrahlung, und bei Marissa wies vieles bereits darauf hin, dass sie dieselbe Eigenschaft hatte.

Das Restaurant leerte sich allmählich. Die Gäste blieben am Tisch stehen, um sich zu verabschieden. »Bis Silvester«, sagten viele von ihnen. »Wir würden deine Party nie auslassen, Nor.«

»Auf diese Party komme ich auch«, sagte Marissa entschieden und hob den Zeigefinger, um ihren Worten den nötigen Nachdruck zu verleihen.

»Bis zehn Uhr«, stimmte Billy ihr zu, »dann musst du ins Bett.«

»Versuche es nicht wieder wie im letzten Jahr und verstecke dich hinter der Bar, wenn es Zeit ist, nach Hause zu gehen«, mahnte Nor lachend. »Und da wir gerade vom Nachhausegehen reden, deine Mutter kommt jeden Augenblick, und Daddy und ich müssen aufbrechen. Wir sollen in einer Stunde anfangen.«

Billy stand auf. »Da kommt Mom, Rissa.«

Denise Ward kam quer durch den Raum auf sie zu. »Hallo, Billy. Hallo, Nor. Tut mir Leid, dass ich zu spät komme«, entschuldigte sie sich. »Ich musste noch etwas einkaufen, und die Schlange an der Kasse ging praktisch durch den ganzen Laden. Aber ich habe alles gekauft, was wir für die Plätzchen brauchen, Marissa.«

Denise und Billy waren noch keine dreißig, dachte Sterling. Sie hatten offenbar jung geheiratet, und obwohl sie sich hatten scheiden lassen, waren sie anscheinend gute Freunde geblieben. Wenn man die beiden nur ansah – sie in ihrem ziemlich förmlichen Hosenanzug, er in seinen schwarzen Jeans und Stiefeln –, erkannte man, dass sie nicht auf gleicher Wellenlänge lagen.

Und Billy Campbell war weiß Gott nicht dem Sprichwort gefolgt, dass jeder Mann seine Mutter heiratet. Niemand würde auf die Idee kommen, Nor Kelly sähe konservativ aus. Sie trug einen verblüffend weißen Hosenanzug aus Cashmere mit einem farbig bedruckten Seidenschal. Augenfälliger Modeschmuck rundete das Ganze ab.

»Wie geht's den Kleinen?«, fragte Nor.

»Sie fangen gerade an zu laufen«, verkündete Denise stolz. »Als Roy Junior seinen ersten Schritt tat, ist Roy Senior die halbe Nacht aufgeblieben und hat im ganzen Haus Gitter angebracht.«

Sterling meinte gesehen zu haben, dass Billy die Augen leicht verdrehte. Sie lässt Billy wissen, wie fürsorglich Roy ist, schloss Sterling. Ich wette, er muss sich jedes Mal, wenn er sie trifft, neue Vorzüge von Roy anhören.

Marissa stand auf und umarmte ihren Vater und ihre Großmutter. »Viel Spaß bei den Sopranos«, sagte sie.

Denise war überrascht. »Die Sopranos?«

»Sie macht nur Spaß«, sagte Nor hastig. »Heute Abend sind wir auf dem Fest engagiert, das die Brüder Badgett zugunsten des Altenzentrums ausrichten.«

»Wohnen die nicht in dem großen Haus …?«, fragte Denise.

»Ja, ja«, sprudelte es aus Marissa heraus, »und ich hab gehört, dass sie einen Swimmingpool und eine Bowlingbahn im Haus haben.«

»Wir werden dich bis ins Kleinste informieren«, versprach Billy. »Komm. Wir holen deine Jacke.«

Als sie zur Garderobe gingen, nahm sich Sterling einen Augenblick Zeit, die gerahmten Fotografien an den Wänden zu betrachten. Viele zeigten Nor mit Gästen an den Tischen. Einige waren von Menschen unterzeichnet, die wahrscheinlich zeitgenössische Größen waren, überlegte er sich. Es gab Bilder von einer glamourösen Nor auf der Bühne, die mit einer Band sang; Billy, eine Gitarre in der Hand, trat mit einer Gruppe auf; Nor und Billy zusammen auf der Bühne; Billy und Nor mit Marissa.

Sterling erkannte an den älteren Fotos, dass Nor früher eine Nachtclubsängerin gewesen sein musste. Er entdeckte eine Serie von Bildern, die sie mit einem Partner zeigten. Das Schild auf dem Musikpavillon trug die Aufschrift NOR KELLY UND BILL CAMPBELL. Billys Vater, dachte Sterling. Ich frage mich, was ihm zugestoßen ist und wie lange sie das Restaurant schon hat. Dann sah er auf einem alten Poster für eine Silvesterfeier in Nors Restaurant, dass sie schon lange in dieser Branche tätig sein musste.

Nach einem letzten Kuss von Billy und Nor ging Marissa. Obwohl Sterling wusste, dass Marissa ihn nicht sehen konnte, fühlte er sich ausgeschlossen, da sie seine Anwesenheit nicht irgendwie gespürt hatte.

Du bist albern, tadelte er sich. Doch als er Marissa mit Billy sah, musste er unwillkürlich an das Kind denken, das er gehabt hätte, wenn er Annie geheiratet hätte.

Billy und Nor vereinbarten, in einer Viertelstunde fertig zu sein, und zogen sich eilig zurück, um die Garderobe zu wechseln. Sterling trat an die Bar, um die Zeit totzuschlagen. Dort plauderte ein Stammkunde mit dem Barkeeper. Sterling setzte sich auf einen Stuhl neben dem Mann. Wenn ich noch lebte, würde ich mir einen Scotch bestellen, dachte er. Es ist bestimmt schon lange her, seit ich den letzten getrunken habe. Nächstes Jahr wird Marissa mich fragen, ob ich Hunger oder Durst bekomme. An sich habe ich nicht das Bedürfnis, zu essen oder zu trinken, obwohl ich im Freien friere und mich in Autos eingeengt fühle.

»Weihnachten war schön, Dennis«, sagte der Gast gerade. »Ich hätte nie gedacht, dass ich es überstehen würde, das erste Mal ohne Peggy. Wenn ich ehrlich bin, dann war ich drauf und dran, mich an jenem Morgen zu erschießen, als ich die Treppe runterging, doch als ich hierher kam, war es wie eine Familie für mich.«

Ich werd verrückt, dachte Sterling. Das ist doch Chet Armstrong, der Sportreporter. Er fing gerade auf Kanal 11 an, als es mich am Kopf erwischte. Damals war er ein hagerer junger Mann, doch so wie er die Sportnachrichten rüberbrachte, hätte man meinen können, jedes Spiel wäre entscheidend. Jetzt hat er breite Schultern, weiße Haare und die markanten Gesichtszüge eines Mannes, der die meiste Zeit im Freien verbracht hat.

»Ich hatte schon fast Gewissensbisse, weil Weihnachten so schön war«, fuhr Armstrong fort, »aber ich wusste, dass Peggy wahrscheinlich von oben zu mir herunterlächelte.«

Ich frage mich, ob Peggy überhaupt im himmlischen Warteraum war, dachte Sterling. Er wünschte sich, Chet würde seine Brieftasche öffnen. Vielleicht trug er ihr Bild bei sich.

»Peggy war eine tolle Frau«, stimmte Dennis ihm zu, ein muskulöser, rothaariger Mann mit großen, flinken Händen. Er polierte Gläser und führte die Bestellungen aus, welche die Kellner ihm auf Zetteln zuwarfen. Sterling bemerkte, dass Armstrongs Blick zu einem der gerahmten Bilder über der Bar wanderte. Sterling beugte sich vor, um es besser sehen zu können. Es war ein Foto von Nor und Chet, der den Arm um eine zierliche Frau gelegt hatte. Das musste Peggy sein.

Ich habe sie tatsächlich gesehen, dachte Sterling. Sie hat im Warteraum zwei Reihen hinter mir gesessen, blieb allerdings nicht lange genug, um sich wirklich niederzulassen.

»Mit Peggy konnte man jede Menge Spaß haben, aber wehe, du hast sie auf dem falschen Fuß erwischt«, erinnerte sich Chet, leise vor sich hin lachend.

Oh, deshalb musste sie also kurz warten, dachte Sterling. Sie war launenhaft.

»Hör zu«, sagte Dennis im Tonfall eines Beichtvaters, »ich weiß, es klingt jetzt unmöglich, aber ich wette, dass du eines schönen Tages jemanden kennen lernen wirst. Du hast noch viel Zeit.«

Gib nur Acht, mit wem du Golf spielst, dachte Sterling.

»Ich bin im März siebzig geworden, Dennis.«

»Heutzutage ist das noch jung.«

Sterling schüttelte den Kopf. Ich wäre sechsundneunzig. Niemand würde mir nachsagen, ich sei ein junger Hüpfer.

»Wie lange bist du jetzt eigentlich hier, Dennis?«, fragte Chet.

Danke, Chet, dachte Sterling und hoffte, dass Dennis' Antwort ihm eine Hilfe wäre, die Lage besser zu überblicken.

»Nor hat das Restaurant vor dreiundzwanzig Jahren eröffnet. Bill starb, als Billy gerade in die Schule kam. Sie wollte nicht mehr rumtingeln. Ich kannte sie aus einem Club in New York. Nach sechs Monaten hat sie mich angerufen. Sie hatte ihren Barkeeper auf frischer

Tat beim Klauen ertappt. Unsere Kinder waren fast im Schulalter, und meine Frau wollte aus der Stadt raus. Seitdem bin ich hier.«

Aus den Augenwinkeln bemerkte Sterling, dass Billy und Nor auf dem Weg nach draußen waren. Ich werde den Job noch vermasseln, dachte er und beeilte sich, sie auf dem Parkplatz einzuholen.

Er war nicht überrascht, als er sah, dass sie solch einen kleinen Laster hatten. Muss heutzutage modern sein. Er lächelte, als er an Marissa dachte, wie sie in Roys spießigen Wagen eingestiegen war. Wie allen Kindern passte es ihr wahrscheinlich nicht, wenn ihre Freunde mitbekamen, wie langweilig es zu Hause zuging.

Er hievte sich auf den Rücksitz, während Billy den Wagen anließ. Dann warf er einen Blick über die Schulter auf die Boxen, die anscheinend zur Musikausrüstung gehörten. Wenn sie wüssten, dass hinter ihnen ein »Groupie« im Wagen sitzt, schmunzelte Sterling.

Er machte es sich bequem und streckte die Beine aus. Die Kindersitze vermisse ich weiß Gott nicht, dachte er. Er freute sich geradezu auf die Party. Auf dem Fest an dem Abend vor seinem finalen Golfspiel hatte man Platten von Buddy Holly und Doris Day aufgelegt. Es wäre lustig, wenn Nor und Billy auch solche Lieder sängen, überlegte er.

Der Wagen fuhr durch die schneebedeckten Straßen von Madison Village. Erinnert mich an Currier und Ives, dachte Sterling, als er die gepflegten Häuser betrachtete, von denen viele mit geschmackvoller Weihnachtsbeleuchtung versehen waren. Tannenkränze mit Holunderbeeren schmückten Haustüren. Festliche

Weihnachtsbäume funkelten durch Wohnzimmerfenster.

Der Anblick einer wunderschönen Krippe mit kunstvoll geschnitzten Figuren auf einem Rasen entlockte ihm ein wehmütiges Lächeln.

Dann kamen sie an einem Haus vorbei, vor dem zwölf lebensgroße Engel auf dem Rasen herumtollten. Der herrische Engel vor der Tür zum Himmlischen Ratszimmer sollte sich diese Ungeheuerlichkeit einmal ansehen.

Er erhaschte einen kurzen Blick auf die Bucht von Long Island. Mir hat die Nordküste der Insel schon immer gefallen, überlegte er, als er sich den Hals verrenkte, um besser auf das Wasser schauen zu können, doch hier war seit damals viel gebaut worden.

Nor und Billy vorn im Wagen kicherten über Marissas Versuche, mitkommen zu dürfen, damit sie sich das Innere des großen Hauses ansehen konnte.

»Sie ist schon ein Prachtstück«, sagte Billy stolz. »Sie kommt nach dir, Mom. Sie will immer alles wissen, hat Angst, was zu verpassen.«

Nor lachte zustimmend. »Das nenne ich ein gesundes Interesse an der Umgebung. Zeigt, wie klug sie ist.«

Während Sterling zuhörte, sank ihm der Mut. Er wusste, dass ihr Leben sich ändern würde und dass sie schon bald von diesem Kind getrennt würden, das der Mittelpunkt ihres Lebens war.

Er wünschte, es läge in seiner Macht, dies zu verhindern.

Immer wenn Junior und Eddie Badgett zu einem größeren Ereignis in ihr Herrenhaus einluden, erlitt Junior eine Nervenkrise. Es ist wieder so weit, dachte Charlie Santoli, als er den Gebrüdern Baseballschläger und Bowlingkugel folgte. Junior, der Baseballschläger, hatte kleine, kalte Augen. Eddie, die Bowlingkugel, war immer den Tränen nahe, sobald er über Mama sprach, ansonsten war er beinhart.

Es herrschte der vor einer Party übliche Trubel. Die Floristen huschten umher und verteilten überall im Haus Weihnachtsgebinde. Der Party-Service stellte das Büfett auf. Jewel, Juniors dümmliche, zweiundzwanzigjährige Freundin, trippelte auf Pfennigabsätzen hin und her und stand allen im Weg. Die besonderen Vertrauensleute der beiden Brüder, die sich in Jackett und Krawatte unwohl fühlten, standen beisammen und sahen aus wie Schlägertypen, die sie ja auch waren.

Bevor er von zu Hause aufgebrochen war, hatte Charlie sich wieder einmal eine Predigt seiner Frau über die Badgett-Brüder anhören müssen.

»Charlie, die zwei sind Gauner«, meinte sie. »Das weiß jeder. Du solltest ihnen sagen, dass du nicht mehr ihr Anwalt sein willst. Nur weil sie einen Anbau am Altenzentrum finanzieren? Außerdem war das nicht ihr Geld. Hör zu, ich habe dir schon vor fünfzehn Jahren geraten, dich nicht mit ihnen einzulassen. Hast du auf mich gehört? Nein. Du kannst von Glück sagen, wenn du nicht im Kofferraum eines Wagens endest, und damit meine ich nicht den Notsitz. Kündige. Du hast genug Geld. Du bist zweiundsechzig und so nervös, dass du im Schlaf zuckst. Ich möchte, dass deine Enkel dich persönlich kennen lernen und vor dem Schlafengehen nicht ein Foto küssen müssen.«

Es hatte keinen Sinn, Marge zu erklären, dass er nicht aussteigen konnte. Er hatte die Absicht gehabt, nur die legalen Geschäfte der Badgett-Brüder zu betreuen. Bedauerlicherweise hatte er die Erfahrung gemacht, dass man mit Flöhen aufsteht, wenn man sich mit Hunden hinlegt, und ein paar Mal hatte er sich genötigt gesehen, potenziellen Zeugen der Regierung vorzuschlagen, es lohne sich für sie finanziell – aber auch physisch –, bestimmte Vorkommnisse zu vergessen. Auf diese Weise war es ihm gelungen, die Brüder vor der Anklage wegen einer Reihe krimineller Machenschaften zu bewahren, wie zum Beispiel Kreditwucher, Manipulation von Basketballspielen und Betreiben von illegalen Wettbüros. Sich ihren Wünschen zu widersetzen oder zu versuchen, nicht mehr für sie zu arbeiten, käme demnach einem Selbstmordversuch gleich.

Dank ihrer großzügigen Spende an das Altenzentrum – einen zwei Millionen Dollar teuren Flügel zu Ehren ihrer Mutter – hatten sie es heute geschafft, eine Liste ausgesuchter Gäste zusammenzustellen, mit denen sie den fünfundachtzigsten Geburtstag ihrer Mutter feiern wollten. Beide US-Senatoren aus New York, der Leiter der Gesundheitsbehörde, verschiedene Bürgermeister und Würdenträger sowie der gesamte Vorstand des Altenzentrums sollten teilnehmen. Allein dem Vorstand gehörten einige der prominentesten Namen von Long Island an.

Alles in allem würden insgesamt fünfundsiebzig Gäste kommen, Menschen, die den Brüdern die Aura der Ehrbarkeit verleihen sollten, nach der sie lechzten.

Es war wichtig, dass die Party reibungslos verlief.

Das Hauptereignis würde im großen Salon stattfinden, einem Raum, der verschiedene Aspekte eines französischen Königspalasts in sich vereinte. Strahlend goldene Wände, spillerige, vergoldete Stühle, verzierte Rosenholztische, Seidenvorhänge, Gobelins. Das alles wurde von der Reproduktion eines zweistöckigen Marmorkamins aus dem fünfzehnten Jahrhundert überragt, in den jede Menge Cherubine, Einhörner und Ananas eingemeißelt waren. Junior hatte erklärt, Ananas sei ein »Symbol für viel Glück«, und den Dekorateur angewiesen, dafür zu sorgen, dass der nachgebaute Kamin viele Ananas haben müsse, und den anderen Schnickschnack zu vergessen.

Herausgekommen war ein Raum, der als Denkmal für schlechten Geschmack herhalten konnte, dachte Charlie und konnte sich die Reaktion der besseren Gesellschaft gut vorstellen.

Die Party war für siebzehn Uhr angesetzt und sollte bis zwanzig Uhr dauern. Geboten wurden Cocktails, Horsd'œuvres und ein üppiges Büfett. Für die Unterhaltung sollte Billy Campbell sorgen, der aufsteigende Rocksänger, gemeinsam mit seiner Mutter, Nor Kelly, einer früheren Nachtclubsängerin. Sie waren an der ganzen Nordküste von Long Island bekannt und beliebt. Der Höhepunkt des Abends sollte um 19.30 Uhr stattfinden, eine Konferenzschaltung über Satellit nach Wallonia zur Mutter der Badgett-Brüder. Die Versammelten sollten dann als Geburtstagsständchen »Happy birthday, Heddy-Anna« singen.

»Sind Sie sicher, dass genug zu essen da ist?«, fragte Junior gerade den Lieferanten der Speisen und Getränke.

»Nur ruhig Blut, Mr. Badgett, Sie haben so viel bestellt, dass Sie damit eine ganze Armee durchfüttern könnten.« Conrad Vogel, der Lieferant, lächelte abschätzig.

»Ich habe Sie nicht beauftragt, eine Armee zu verköstigen. Ich will wissen, ob Sie genug Ausgefallenes haben. Manchmal mag einer etwas ganz besonders und isst davon eine Tonne, und Sie müssen ihm dann sagen, dass nichts mehr da ist.«

Charlie Santoli sah, wie der Lieferant unter Juniors eisigem Blick regelrecht schrumpfte. Man macht sich über Junior nicht lustig, mein Lieber, dachte er.

Der Lieferant hatte verstanden. »Mr. Badgett, ich versichere Ihnen, das Essen ist außergewöhnlich, und Ihre Gäste werden sehr zufrieden sein.«

»Das will ich hoffen.«

»Was ist mit Mamas Kuchen?«, fragte Eddie. »Der sollte unbedingt perfekt sein!«

Auf Conrad Vogels Oberlippe bildeten sich winzige Schweißperlen. »Er wurde eigens von der besten Konditorei New Yorks hergestellt. Deren Kuchen sind so gut, dass eine der anspruchsvollsten Kundinnen dort für ihre insgesamt fünf Hochzeiten bestellte. Der Chefkonditor ist persönlich hier, falls der Kuchen einer Auffrischung bedarf, wenn er ausgepackt ist.«

Junior schob sich an dem Lieferanten vorbei und betrachtete das Porträt seiner Mama Heddy-Anna, das dem Kuratorium des Altenzentrums hochoffiziell überreicht werden sollte, damit man es im Empfangsbereich des neuen Wohnflügels aufhänge. Ein wallonianischer Künstler hatte es gemalt, und eine Galerie in New York hatte es kunstvoll gerahmt. Juniors telefonische Anweisungen an den Künstler waren deutlich gewesen: »Malen Sie Mama so schön, wie sie ist.«

Charlie hatte Schnappschüsse von Mama gesehen. Die hübsche Matriarchin in schwarzem Samt und Perlen auf dem Porträt hatte Gott sei Dank nicht die geringste Ähnlichkeit mit ihren Söhnen. Man hatte den Künstler für seine Dienste fürstlich entlohnt.

»Sie sieht wirklich sehr schön aus«, räumte Junior ein. Doch plötzlich war seine Anwandlung von Zufriedenheit wie weggeblasen. »Wo sind die Leute, die ich bezahle, damit sie singen? Sie sollten längst hier sein.«

Jewel war hinter ihn getreten. Sie hakte sich bei ihm unter und sagte: »Ich habe sie gerade die Auffahrt hinaufkommen sehen, Zuckermäulchen. Mach dir keine Gedanken um sie. Sie sind gut, echt gut.«

»Das hoffe ich. Du hast sie empfohlen.«

»Du hast sie singen hören, Liebster. Weißt du noch, ich habe dich in Nors Restaurant zum Abendessen ausgeführt?«

»Ja, hab ich ganz vergessen. Sie sind in Ordnung. Gutes Restaurant, gutes Essen. Gute Lage. Hätte nichts dagegen, wenn's mir gehörte. Komm, wir schauen uns den Kuchen an.«

Junior setzte seine Inspektionsrunde in die Küche fort, Jewel noch immer an seinem Arm. Ihr flammend rotes Haar wippte auf ihren Schultern, ihr Mikrominirock reichte kaum bis zu den Oberschenkeln. Der Chefkonditor, dessen hohe weiße Mütze königlich auf seinem Kopf saß, stand neben dem fünfstöckigen Geburtstagskuchen.

Als er sie kommen sah, strahlte er vor Stolz. »Ist er nicht herrlich?«, fragte er und küsste die Fingerspitzen. »Ein Meisterwerk aus Zuckerguss. Ich habe mir die größte Mühe gegeben. Ein würdiger Tribut an Ihre geliebte Mutter. Und der Geschmack. Der göttliche Geschmack. Ihre Gäste werden jeden Bissen genießen.«

Junior und Eddie traten ehrfürchtig näher, um das Meisterwerk zu betrachten. Dann begannen sie wie aus einem Munde zu schreien.

»Bescheuert!«

»Trottel!«

»Idiot!«

»Sie heißt HEDDY-ANNA, nicht BETTY-ANNA«, knurrte Eddie. »Der Name meiner Mutter ist Heddy-Anna!«

Der Chefkonditor schaute sie ungläubig an, rümpfte die Nase und runzelte die Stirn. »Heddy-Anna?«

»Wagen Sie es nicht, sich über den Namen meiner Mama lustig zu machen!«, brüllte Eddie, und seine Augen füllten sich mit Tränen.

Lass nicht noch mehr schief gehen, betete Charlie Santoli. Die rasten beide aus, wenn noch was schief geht.

Selbst die viertelstündige Fahrt von seinem Wohnhaus in Syosset zum Herrenhaus der Badgett-Brüder an der Bucht von Long Island kostete Hans Kramer die größte Mühe. Warum habe ich mir je Geld von ihnen geliehen?, fragte er sich zum tausendsten Mal, als er auf die Schnellstraße einbog, die nach Long Island führte. Warum habe ich nicht einfach den Bankrott erklärt und die Sache auf sich beruhen lassen?

Als leitender Angestellter in der Elektronikbranche hatte der sechsundvierzigjährige Hans seinen Job vor zwei Jahren gekündigt, seine Rentenversicherung und seine gesamten Ersparnisse genommen, sein Haus mit einer Hypothek belastet, um eine Computerfirma zu gründen, die seine selbst erstellte Software vertrieb. Nach einem viel versprechenden Start, bei dem die Bestellungen nur so hereinrauschten und das Lager sich mit Inventar füllte, war die Technologiebranche eingebrochen. Dann kamen die Absagen. Da er dringend Bargeld brauchte und bestrebt war, das Geschäft aufrechtzuerhalten, hatte er sich bei den Badgett-Brüdern etwas geliehen. Leider hatten sich seine Bemühungen bisher nicht ausgezahlt.

Es gibt auf Gottes weiter Erde keine Möglichkeit, die zweihunderttausend Dollar aufzubringen, die ich von ihnen geborgt habe, ganz zu schweigen von den fünfzig Prozent Zinsen, die sie draufgeknallt haben, dachte er verzweifelt.

Ich muss von Sinnen gewesen sein, mich an sie zu wenden. Aber ich habe eine große Produktpalette, überlegte er. Wenn ich dranbleibe, wird sich das Blatt wenden. Nur muss ich jetzt die Badgetts davon überzeugen, dass sie meinen Schuldschein erneuern.

In dem Jahr, als seine finanziellen Probleme begannen, hatte Hans zwanzig Pfund abgenommen. Sein hellbraunes Haar war mit grauen Strähnen durchsetzt. Er wusste, dass seine Frau Lee krank war vor Sorge um ihn, obwohl sie keine Ahnung hatte, wie schlecht es wirklich stand. Er hatte ihr von der Anleihe nichts erzählt und sich stattdessen entschlossen, ihr zu sagen, sie müssten ihre Ausgaben jetzt etwas einschränken. Tja, sie gingen praktisch nie mehr auswärts essen.

Die nächste Ausfahrt der Schnellstraße führte zum Herrenhaus der Badgetts. Hans spürte, wie seine Hände feucht wurden. Ich war so großspurig, dachte er und betätigte ruckartig den Blinker. Bin mit zwölf aus der Schweiz hierher gekommen und habe kein Wort Englisch gesprochen. Habe das Massachusetts Institute of Technology mit summa cum laude abgeschlossen und dachte, die Welt läge mir zu Füßen. So war es zunächst auch. Ich glaubte, ich wäre gegen Misserfolge immun.

Fünf Minuten später näherte er sich dem Anwesen der Badgetts. Die Tore waren weit geöffnet. Autoschlangen warteten darauf, von einem Wächter am

Fuße der langen, gewundenen Auffahrt eingelassen zu werden. Offenbar gaben die Badgetts eine Party.

Hans war erleichtert und enttäuscht zugleich. Ich rufe an und hinterlasse eine Nachricht, dachte er. Vielleicht gewähren sie mir ja einen Aufschub.

Als er den Wagen wendete, versuchte er seine innere Stimme zu ignorieren, die ihn mahnte, dass Menschen wie die Badgetts niemals prolongierten.

Sterling, Nor und Billy betraten das Herrenhaus der Badgetts durch die Hintertür; gerade rechtzeitig, um die Beleidigungen noch mitzubekommen, die auf den unglücklichen Chefkonditor niederprasselten. Sterling eilte geschwind in die Küche, um nachzusehen, was dort vor sich ging. Der Chefkonditor besserte gerade hektisch die Schrift auf dem Kuchen aus.

Das falsche Alter?, fragte sich Sterling. Er war einmal auf einer Party gewesen, bei der die zwölfjährige Tochter einen Geburtstagskuchen als Überraschung für die Mutter gebacken hatte. Als sie diesen stolz mit brennenden Kerzen hereintrug, war ihre Mutter beinahe in Ohnmacht gefallen. Das Alter, das sie so sorgsam verschwiegen hatte, war in knallrosa Zahlen deutlich auf dem Vanillekuchen zu sehen. Ich weiß noch, dass ich dachte, wer nicht lesen kann, kann immer noch zählen, dachte Sterling. Das war nicht sehr freundlich von mir.

Zum Glück hatte dieser Konditor nur einen kleinen Fehler gemacht. Mit ein paar Schnörkeln aus seiner Spritztüte veränderte er Betty-Anna in Heddy-Anna. Nor und Billy waren von dem Tumult angezogen worden und kamen in die Küche. »Pass bloß auf, dass du nicht ›Happy Birthday, Betty-Anna‹ singst«, flüsterte Nor ihrem Sohn zu.

»Es reizt mich, aber ich würde hier wohl nicht lebend rauskommen.«

Auf ihrem Weg in den Salon trottete Sterling hinter ihnen her. Nor ließ die Finger über die Klaviertasten gleiten; Billy nahm seine Gitarre aus der Hülle, und sie prüften die Mikrofone und die Anlage.

Charlie Santoli war dafür verantwortlich, ihnen eine Liste von Songs zu geben, welche die Brüder am liebsten hörten. »Sie sollen Ihre Musik nicht so laut schmettern, dass die Leute nicht denken können«, sagte er nervös.

»Wir sind Musiker. Wir schmettern nicht«, fuhr Nor ihn an.

»Aber wenn Mama über Satellit zugeschaltet wird, stimmen Sie das Ständchen an, und dann müssen Sie richtig laut und deutlich spielen.«

Es klingelte, und die ersten Gäste wurden hereingeführt.

Sterling war immer gern unter Menschen gewesen. Er betrachtete die hereinkommenden Gäste, und als er zuhörte, wie sie vorgestellt wurden, erkannte er, dass ein paar ziemlich wichtige Leute darunter waren.

Sein allgemeiner Eindruck war, dass sie nur wegen der großzügigen Spende ans Altenzentrum hier waren und dass sie die Badgett-Brüder nach der Party mit Freuden vergessen würden. Immerhin blieben einige Gäste bewundernd vor dem Porträt stehen, das im neuen Flügel hängen sollte.

»Ihre Mutter ist eine wunderschöne Frau«, sagte die Vorstandsvorsitzende des Zentrums und deutete mit einem Kopfnicken auf das Porträt. »So elegant, so würdevoll. Ist sie oft hier zu Besuch?«

»Meine edle Mutter verreist nicht oft«, sagte Junior.

»Mama wird luft- und seekrank«, klagte Eddie.

»Dann besuchen Sie Ihre Mutter doch sicher in Wallonia?«, erkundigte sich die Dame.

Charlie Santoli war zu ihnen getreten. »Natürlich tun sie das, so oft wie möglich«, erwiderte er aalglatt.

Sterling schüttelte den Kopf. Er sagt nicht die Wahrheit, dachte er.

Billy und Nor begannen mit ihrem ersten Song und waren im Nu von einem dankbaren Publikum umzingelt. Nor war eine gute Musikerin mit einer reizvollen, heiseren Stimme. Billy hingegen war eine außergewöhnliche Erscheinung. Sterling stand mitten unter den Zuhörern und hörte die geraunten Kommentare.

»Er ist ein junger Billy Joel …«

»Er wird ein Star werden …«

»Und er sieht toll aus«, gurrte die Tochter eines der Vorstandsmitglieder.

»Billy, sing doch ›Be There When I Awake‹.«

Die Bitte wurde mit spontanem Applaus begrüßt.

Während er leicht über die Saiten der Gitarre strich, begann Billy zu singen. »I know what I want … I knew what I need.«

Das muss sein Hit sein, dachte Sterling. Selbst für meine altmodischen Ohren klingt es großartig.

Dank der Musik entspannte sich die Atmosphäre. Die Gäste begannen, miteinander zu reden, ließen sich die Gläser mit ausgezeichneten Weinen füllen und luden sich die Teller mit dem wahrhaft spektakulären Essen voll.

Um Viertel nach sieben strahlten die Badgett-Brüder. Ihre Party war ein Erfolg. Sie waren ein Erfolg.

Dann griff Junior zum Mikrofon und räusperte sich. »Ich möchte Sie alle hier begrüßen, und mein Bruder und ich hoffen, dass es Ihnen hier gut gefällt. Es ist uns ein Vergnügen, Sie hier als Gäste zu haben, und wir sind sehr, sehr glücklich, Ihnen das Geld geschenkt zu haben, ich meine, das Geld für den Flügel des Altenzentrums gespendet zu haben, der Mama-Heddy-Anna-Flügel zu Ehren des fünfundachtzigsten Geburtstags unserer heiligen Mutter heißen soll. Und jetzt wird mit Hilfe eines Satelliten unsere Mama aus der historischen Ortschaft Kizkek zugeschaltet, wo mein Bruder und ich aufgewachsen sind. Mama ist extra länger aufgeblieben, um bei uns zu sein, weil sie sich so geehrt fühlt. Jetzt bitte ich Sie alle, in das Lied ›Happy Birthday‹ für sie einzustimmen. Unser wundervoller Billy Campbell und seine Mutter, die Puppe Nor Kelly, werden das Lied anstimmen.«

Vereinzelt wurde applaudiert. Der Geburtstagskuchen wurde hereingerollt. Sechsundachtzig Kerzen brannten darauf, eine für jedes Jahr. Eine drei Meter hohe Leinwand wurde von der Decke herabgelassen, und Mama Heddy-Annas verdrießliches Gesicht tauchte auf.

Sie saß in ihrem Schaukelstuhl und nippte an einem Glas Grappa.

Eddies Augen füllten sich mit Tränen, und Junior warf Kusshände zur Leinwand, während die Gäste pflichtschuldig »Happy Birthday, Heddy-Anna« auf Wallonianisch sangen. Den phonetischen Text lasen sie von Liedblättern ab.

Mama blies die Wangen wie zwei rote Zwillingsballons auf und pustete die Kerzen auf dem Kuchen aus, den die Söhne ihr mit einem Charterflugzeug nach Wallonia geschickt hatten. Dabei wurde nur allzu deutlich, dass sie die Stunden, die sie über ihre übliche Schlafenszeit hinaus wach geblieben war, damit verbracht hatte, etwas zu tief in ihr Grappa-Glas zu schauen. In gebrochenem Englisch begann sie zu fluchen und sich lauthals zu beklagen, dass ihre Söhne sie nie besuchten und dass es ihr nicht so besonders ginge.

Junior beeilte sich, die Lautstärke zu drosseln, doch man hörte noch, wie sie schrie: »Wie viel Schlechtes treibt ihr beide, dass ihr eure Mama nicht besuchen könnt, ehe sie stirbt? Nicht ein einziges Mal seid ihr in all den Jahren hier gewesen!«

Billy und Nor huben sofort zu einer weiteren flotten Runde »Happy Birthday, Heddy-Anna« an. Diesmal schloss sich ihnen jedoch niemand an, und die Übertragung ging zu Ende mit dem unvergesslichen Anblick von Mama, die ihrem Nachwuchs und dessen Gästen die kalte Schulter zeigte und laut rülpste.

Jewel lachte schrill auf. »Hat Mama nicht einen herrlichen Sinn für Humor? Ich liebe sie.«

Junior stieß Jewel zur Seite und ging steifbeinig hinaus. Eddie folgte ihm dicht auf den Fersen.

Nor flüsterte Billy rasch zu: »Das ist eine Katastrophe. Was sollen wir machen? Er hat uns gesagt, wir sollen ›For She's a Jolly Good Fellow‹ singen, während die Leute den Kuchen essen. Und anschließend ein Potpourri aus Liedern über Mütter …«

Wie wäre es mit »Little old lady, time for tea«, dachte Sterling. Das war zu meiner Zeit ein Hit.

»Wir fragen lieber nach, was wir jetzt tun sollen. Ich will nicht riskieren, ihre Wünsche vorauszusehen«, sagte Nor und ließ ihren Blick über die verblüfften Gesichter der Gäste gleiten.

Während Sterling hinter Nor und Billy hertrottete, spürte er, dass sich eine Katastrophe anbahnte. Junior und Eddie verschwanden in einem Zimmer am Ende der Eingangshalle.

Billy und Nor beeilten sich, sie einzuholen, und Billy klopfte an die Tür, die hinter den Brüdern ins Schloss gefallen war. Als niemand reagierte, schauten er und Nor sich an. »Riskieren wir es«, flüsterte Nor.

Geht einfach nach Hause, drängte Sterling, doch er wusste, es war ein Jahr zu spät für diesen Gedanken.

Billy drehte den Türknauf und öffnete vorsichtig die Tür. Er und Nor betraten einen Raum, anscheinend ein Empfangszimmer. Er war leer.

»Sie sind da drinnen«, flüsterte Nor und zeigte auf einen weiteren Raum, in den man durch eine offen stehende Tür blicken konnte. »Vielleicht sollten wir lieber …«

»Warte mal. Sie hören den Anrufbeantworter ab.«

Eine elektronische Stimme verkündete: »Sie haben eine neue Nachricht.«

Nor und Billy zögerten noch, unsicher, ob sie warten oder gehen sollten, doch dann ließ die Nachricht, die sie mitbekamen, sie auf der Stelle erstarren.

Es war die verzweifelte Bitte eines Mannes, der lispelnd um »ein bisschen mehr Zeit« bettelte, um eine Anleihe zurückzuzahlen.

Der Anrufbeantworter klickte und stellte sich ab. Dann hörten sie Junior brüllen: »Deine Zeit ist gerade abgelaufen, Freundchen. Eddie, kümmere dich darum. Sag den Jungs, sie sollen sein stinkendes Lager abbrennen, und zwar sofort. Ich will morgen nicht hören, dass es noch steht.«

»Da wird nix übrig bleiben«, versicherte Eddie und klang viel fröhlicher, weil er sich mit etwas anderem als Mama befassen konnte.

Billy legte den Finger auf die Lippen. Er und Nor schlichen auf Zehenspitzen aus dem Raum und eilten zurück in den Salon. »Los, packen wir unsere Sachen«, flüsterte Billy, »und dann nichts wie weg hier.«

Sterling sah, was sie nicht merkten: Charlie Santoli stand am anderen Ende der Eingangshalle und hatte sie aus dem Büro kommen sehen.

Im himmlischen Warteraum drängten sich Neulinge, die sich umschauten und versuchten, sich an ihre Umgebung zu gewöhnen. Der Dienst habende Engel hatte den Auftrag, ein großes Schild BITTE NICHT STÖREN an die Tür des Konferenzraums zu hängen. Es hatte verschiedentlich Zwischenfälle mit ehemaligen Topmanagern gegeben, die nicht gewohnt waren zu warten und daher hinter dem Rücken des Engels hereingestürmt waren und eine Besprechung verlangt hatten.

Im Konferenzraum verfolgte der Himmlische Rat Sterlings Vorgehensweise mit gespanntem Interesse.

»Haben Sie bemerkt, wie enttäuscht er war, als Marissa seine Anwesenheit im Restaurant nicht einmal gespürt hat?«, fragte die Nonne. »Er war wirklich verblüfft.«

»Das war eine der ersten Lektionen, die er lernen sollte«, konstatierte der Mönch. »Als er noch lebte, waren zu viele Menschen einfach unsichtbar für ihn. Er hat schlichtweg durch sie hindurchgesehen.«

»Meinen Sie, Mama Heddy-Anna wird bald in unserem Wartezimmer auftauchen?«, fragte der Schäfer. »Sie hat ihren Söhnen gesagt, sie werde bald sterben.«

Die Nonne lächelte. »Sie hat den ältesten Trick angewendet, um ihre Söhne zu bewegen, sie zu besuchen. Sie ist stark wie ein Stier.«

»Ich würde ihr nicht gern in der Arena gegenüberstehen«, bemerkte der Matador trocken.

»Der Anwalt steckt wirklich in der Klemme«, sagte die Heilige, die Sterling an Pocahontas erinnert hatte. »Wenn er nicht bald etwas Entscheidendes unternimmt, hat er mit uns nichts zu tun, wenn seine Zeit gekommen ist.«

»Der arme Hans Kramer ist verzweifelt«, stellte die Nonne fest. »Die Badgett-Brüder sind absolut gnadenlos.«

»Die gehören hinter Gitter«, verkündete der Admiral streng.

»Haben Sie das gehört?«, fragte die Königin schockiert. »Sie wollen das Lager des armen Mannes in Brand setzen.«

Kopfschüttelnd verstummten die Heiligen und dachten traurig über die Unmenschlichkeit der Menschen untereinander nach.

Hektisch liefen die Diener zu den Wagen, um sie für die Gäste, die aus dem Haus strömten, vorzufahren. Sterling lehnte an einer Säule auf der Veranda und wollte unbedingt mitbekommen, wie die aufbrechenden Claqueure reagierten.

»Bizarr!«

»Gebt ihnen das Geld zurück. *Ich* werde zwei Millionen für den Flügel spenden«, fauchte eine Witwe.

»Hat mich an den Film ›Schmeiß die Mama aus dem Zug‹ erinnert. Ich geh jede Wette ein, dass die beiden Typen genau das jetzt am liebsten tun würden«, kicherte der Ehemann einer Dame aus dem Vorstand.

»Wenigstens gab es was Gutes zu essen«, sagte jemand nachsichtig.

»Ich hoffe, es ist Ihnen nicht entgangen, dass sie nicht einen Fuß auf wallonianischen Boden gesetzt haben, seitdem sie von dort fortgegangen sind. Dreimal dürfen Sie raten, warum!«

»Sie haben von Mama die Nase voll, was?«

Sterling bemerkte, dass die beiden US-Senatoren lauthals nach ihren Beratern riefen und schnellstens verschwanden. Sie fürchten wahrscheinlich, dass man in den Klatschspalten über sie schreibt, sie feierten Partys mit Gangstern, dachte Sterling. Sie sollten erfahren, was Junior mit dem Lagerhaus eines armen Mannes vorhat. Er konnte es kaum erwarten, zu Nor und Billy in den Wagen zu schlüpfen und zu hören, wie sie sich über die Vorfälle äußerten.

Ein Gast, der offenbar dem Wodka ebenso zugesprochen hatte wie Mama ihrem Grappa, begann auf Wallonianisch zu singen: »Happy Birthday, Heddy-Anna«, doch er hatte die phonetische Umschrift nicht dabei. Er fiel ins Englische, und einige andere Gäste stimmten ein, die auch lieber den englischen Text sangen.

Sterling hörte, wie ein Diener einen der Gäste fragte, ob sein Wagen ein SUV sei. Was ist das, fragte sich Sterling. Kurz darauf fuhr der Diener in einem dieser kleinen Laster vor. Das ist es also, dachte Sterling. Fragt sich nur, was SUV bedeutet.

Billys SUV war hinter dem Haus abgestellt. Ich will sie nicht verpassen, dachte Sterling. Kurz darauf, als Nor und Billy auftauchten und ihre Ausrüstung einluden, saß er auf dem Rücksitz.

An ihren besorgten Mienen war deutlich zu sehen, dass sie nervös waren.

Wortlos beluden sie den Wagen, sprangen hinein und schlossen sich der langen Autoschlange auf der Zufahrt an. Erst als sie auf der Hauptstraße waren, sprachen sie. Da sprudelte aus Nor die Frage heraus: »Billy, meinst du, es war ihnen ernst damit, ein Lagerhaus niederzubrennen?«

»Total, und zum Glück wissen sie nicht, dass wir es mitbekommen haben!«

Oh-oh, dachte Sterling. Ihr Anwalt – wie heißt er

noch? Charlie Santoli – hat euch aus dem Büro kommen sehen. Wenn er es den Badgetts erzählt, dann seid ihr dran.

»Mit geht einfach nicht aus dem Kopf, dass ich die Stimme schon einmal gehört habe, die auf dem Anrufbeantworter«, sagte Nor bedächtig. »Ist dir aufgefallen, dass er gelispelt hat, als er um ein ›bisschen‹ mehr Zeit bettelte?«

»Jetzt, wo du es sagst, fällt es mir auch wieder ein«, stimmte Billy ihr zu. »Ich dachte nur, der Ärmste war so nervös, dass er förmlich über die Worte stolperte.«

»Nein, das war es nicht. Vielleicht lispelt er ja wirklich. Ich glaube, der war schon einmal im Restaurant zu Gast. Wenn mir der Name nur einfiele, dann könnten wir ihn warnen.«

»Sobald wir im Restaurant sind, rufe ich die Polizei an«, sagte Billy. »Ich will das Handy nicht benutzen.«

Den Rest der Strecke legten sie schweigend zurück. Sterling auf dem Rücksitz teilte ihre Angst.

Es war beinahe neun Uhr abends, als sie Nors Restaurant betraten. Die Weihnachtsgäste waren zahlreich erschienen. Nor versuchte, die Leute rasch zu begrüßen. Billy und sie entdeckten gleichzeitig einen alten Freund, Sean O'Brien, einen pensionierten Kriminalbeamten, der an der Bar saß.

Sie schauten sich an. »Ich bitte ihn zu uns an den Tisch. Er wird wissen, was zu tun ist«, sagte Billy.

Nor setzte ein Lächeln auf und ging an ihren gewohnten Tisch vorn im Lokal. Von dieser Stelle aus hatte sie alles im Blick, konnte Hof halten und ihre Gäste begrüßen. Sterling setzte sich auf den Platz, den er ein paar Stunden zuvor auch schon eingenommen hatte.

Billy brachte Sean O'Brien mit, einen stabil aussehenden, etwa fünfundfünfzigjährigen Mann mit dichtem, leicht meliertem braunem Haar, wachen braunen Augen und einem freundlichen Lächeln.

»Fröhliche Weihnachten, Nor«, sagte er und spürte plötzlich, dass etwas nicht stimmte. »Was ist los?«, fragte er abrupt und setzte sich neben Billy.

»Wir waren heute Nachmittag auf einer Party bei den Badgett-Brüdern engagiert«, begann Nor.

»Bei den Badgetts?« O'Brien hob eine Augenbraue und hörte dann aufmerksam zu, als sie ihm von der Nachricht auf dem Anrufbeantworter und Junior Badgetts Reaktion darauf erzählten.

»Ich kenne die Stimme«, schloss Nor. »Ich bin mir sicher, der Mann war Gast hier bei mir.«

»Nor, die Bundespolizei versucht seit Jahren, den beiden etwas anzuhängen. Sie sind glatt wie Fisch in Olivenöl. Es sind Gangster, und sie sind bösartig. Wenn es ein Ortsgespräch war, dann würde es mich nicht wundern, wenn ich morgen etwas über ein Lager in der Zeitung lesen würde, das über Nacht abgebrannt ist.«

»Können wir denn nichts tun, um sie davon abzuhalten?«, fragte Billy.

»Ich kann die Bundespolizei alarmieren, doch die Badgetts haben überall ihre Finger drin. Wir wissen mit Bestimmtheit, dass sie in Vegas und Los Angeles tätig sind. Der Anruf hätte von überall kommen können, doch ganz gleich, woher er kam, es muss nicht heißen, dass das Lager dort irgendwo in der Nähe ist.«

»Ich hätte nicht gedacht, dass die Badgetts so schlimm sind«, sagte Billy. »Man hört zwar Gerüchte, aber sie handeln eigentlich mit Autos und Booten ...«

»Sie betreiben Dutzende von legalen Geschäften«, sagte O'Brien. »Damit waschen sie ihr Geld. Ich werde ein paar Leute anrufen. Die Bundespolizei wird sie zumindest überwachen wollen, aber solche Typen machen sich nie die Hände schmutzig.«

Nor rieb sich die Stirn. Sie war in Sorge. »Es gibt einen Grund, warum ich mich an die Stimme erinnere. Moment mal.« Sie rief einen Kellner heran. »Sam, sag doch Dennis bitte, er soll mal zu uns kommen. Du übernimmst solange die Bar.«

O'Brien schaute sie an. »Es ist besser, wenn niemand weiß, dass Sie die Unterhaltung mitbekommen haben.«

»Dennis kann ich absolut vertrauen«, sagte Nor.

Es wird eng am Tisch, dachte Sterling. Ich muss wohl stehen. Er spürte, wie der Stuhl unter ihm weggezogen wurde und sprang rasch auf. Er hatte nicht das Bedürfnis, Dennis auf den Schoß zu nehmen.

» … und, Dennis, ich bin sicher, ich habe die Stimme hier im Restaurant schon einmal gehört«, schloss Nor kurz darauf ihren Bericht ab. »Er hat bei dem Wort ›bisschen‹ gelispelt. Selbst auf die Gefahr hin, dass es die Nerven gewesen sind, dachte ich trotzdem, es könnte jemand sein, der manchmal an der Bar sitzt und sich mit dir unterhält.«

Dennis schüttelte den Kopf. »Mir fällt niemand ein, Nor. Aber ich kenne das – wenn Badgett tatsächlich vorhat, ein Lager in Brand zu setzen –, dann ist der Typ, der ihn angerufen hat, garantiert ein ›bisschen‹ aufgeregt.«

»Mehr als nur ein ›bisschen‹«, stimmte Billy ihm zu.

Sie lachten nervös.

Sie versuchen, ihre massive Angst mit Humor zu vertuschen, dachte Sterling. Wenn die Badgett-Brüder so übel sind, wie Sean O'Brien glaubt, und wenn Nor und Billy diesen Anruf zu bezeugen haben ... Arme Marissa. Sie war heute so glücklich.

O'Brien stand auf. »Ich muss telefonieren«, sagte er. »Nor, kann ich Ihr Büro benutzen?«

»Klar.«

»Sie und Billy kommen mit. Ich möchte gern, dass Sie am Telefon genau wiederholen, was Sie gehört haben.«

»Ich bin an der Bar.« Dennis schob seinen Stuhl zurück.

Wäre ich noch am Leben, hätte der Stuhl meinen großen Zeh zerquetscht, dachte Sterling.

»Nor, ich dachte, Sie würden mit Billy heute Abend hier im Restaurant auftreten, weil Weihnachten ist«, rief ein Gast von einem Tisch herüber. »Wir sind extra gekommen, um Sie beide singen zu hören.«

»Machen wir noch.« Nor lächelte. »Wir sind in einer Viertelstunde wieder da.«

Vom Büro aus rief O'Brien seinen Kontaktmann beim FBI an, und Nor und Billy erzählten noch einmal, was sie mitbekommen hatten. Nach dem Anruf zuckte Nor mit den Schultern. »Es ist, wie es ist. Solange ich mich nicht daran erinnern kann, wessen Stimme es ist, bin ich für sie nicht von Nutzen.«

Billys Handy klingelte. »Es ist Marissa«, sagte er nach einem Blick auf das Display. Seine besorgte Miene hellte sich auf. »Hallo, meine Kleine ... Wir sind gerade erst zurückgekommen ... Nein, den Swimmingpool haben wir nicht gesehen, die Bowlingbahn auch nicht ... Na ja, ich würde nicht sagen, dass sie wie die Sopranos sind.«

»Ich schon«, murmelte Nor.

»Ooch, wir haben unseren üblichen Auftritt hingelegt …« Er lachte. »Natürlich waren wir Klasse. Sie wollten immer noch mehr. Hör zu, Kleines, NorNor sagt dir auch noch schnell hallo, dann gehst du schlafen. Wir sehen uns morgen. Ich hab dich lieb.«

Er reichte Nor den Hörer und wandte sich dann an O'Brien. »Sie kennen meine Tochter Marissa, nicht wahr?«

»Klar. Ich dachte, ihr gehört das alles hier.«

»Das glaubt sie.«

Nor sagte Marissa gute Nacht und lächelte mitleidig, als sie das Telefon zuklappte und Billy reichte. Sie schaute O'Brien an. »Ich frage mich die ganze Zeit, ob der Arme, der um Zahlungsaufschub für ein Darlehen gebeten hat, eine Familie zu versorgen hat.«

Billy legte ihr einen Arm um die Schultern und drückte sie kurz an sich. »Du siehst müde aus, Mom, deshalb sag ich es nicht gern, aber dein Publikum wartet …«

»Ich weiß. Wir müssen da raus. Lass mir noch einen Moment, damit ich mich ein wenig frisch machen kann.«

O'Brien langte in seine Tasche. »Hier ist meine Karte. Wenn Sie einen Geistesblitz haben, rufen Sie mich jederzeit an. Ich gebe Dennis auch eine.«

Als Nor und Billy um halb zehn mit ihrer Show begannen, waren alle Tische im Restaurant besetzt. Sie hatten zwei halbstündige Auftritte, einen um halb zehn, den zweiten um elf Uhr für die späten Gäste.

Sie sind alte Hasen, dachte Sterling. Man sollte meinen, sie seien völlig sorglos. Sobald Nor den ersten Auftritt hinter sich hatte, schlüpfte sie mit den Reservierungsbüchern der vergangenen zwei Jahre in ihr Büro. Sterling saß bei ihr, als sie die Bücher durchging und jeden Namen auf der Liste laut aussprach.

Ein paar Mal hielt sie inne und wiederholte einen Namen, schüttelte dann den Kopf und las weiter. Sie will herausfinden, ob sie einen der Namen mit dem Mann, dessen Stimme sie gehört hat, in Verbindung bringen kann, dachte Sterling.

Nors Miene wurde bei jedem Namen besorgter. Doch dann schaute sie auf ihre Armbanduhr und sprang auf, öffnete ihre Handtasche und holte eine Puderdose heraus. In Sekundenschnelle hatte sie sich das Gesicht gepudert, Augen und Lippen nachgeschminkt. Sie zog den juwelengeschmückten Kamm aus dem Haar und schüttelte den Kopf. Sterling war erstaunt, wie fest sie die langen Locken in den Händen drehte, sie mit einem Schwung nach oben bog und wieder feststeckte.

»Ich seh aus wie Goldie Hawn, die gerade aus dem Windkanal kommt«, sagte sie leise vor sich hin, »aber ich denke, die Show geht weiter.«

Sie sehen wunderbar aus, wollte Sterling schon protestieren. Sie sind wirklich eine schöne Frau. Aber wer zum Teufel ist Goldie Hawn?

An der Bürotür stieß sie einen kurzen Seufzer aus, doch bald darauf lag ein Lächeln auf ihrem Gesicht, wenn sie immer wieder an einem Tisch stehen blieb, um ein paar Worte mit ihren Gästen zu wechseln. Es ist voll hier, stellte Sterling fest, und an der Art, wie Nor mit allen redet, wird deutlich, dass es ihre Stammgäste sind. Sie sind froh, wenn sie sich mit ihr unterhalten können.

Ja, sie ist ein guter Mensch. Er hörte, wie sie jemanden nach seiner Mutter fragte, sich nach einem Sohn erkundigte, nach einem geplanten Urlaub und schließlich einem Paar gratulierte, das sich gerade verlobt hatte.

Ihr wird der Himmlische Rat auf keinen Fall sagen, sie habe sich zu wenig um ihre Mitmenschen gekümmert, dachte Sterling. Das steht fest. Schade, dass ich nicht bisher so war wie sie.

Billy war in eine Unterhaltung mit einem Mann und einer Frau an einem Ecktisch vertieft. Sterling entschloss sich zuzuhören. Ich hoffe nur, dass sich nicht noch jemand zu uns gesellt, dachte er, als er sich auf einen leeren Stuhl setzte. Als er dann erfasste, worum es in der Unterhaltung ging, hob er die Augenbrauen. Diese Leute waren Führungskräfte der Empire Recording Company, und sie wollten Billy unter Vertrag nehmen.

Der Mann sagte gerade: »Ich muss Ihnen nicht sagen, wen wir alles groß herausgebracht haben. Wir beobachten Sie schon eine Weile, und Sie haben das Zeug, Billy. Wir bieten ihnen einen Vertrag für zwei Alben an.«

»Ich bin geschmeichelt, und es klingt toll, aber Sie müssen mit meinem Agenten sprechen«, sagte Billy lächelnd.

Er versucht seine Begeisterung zu verbergen, erkannte Sterling. Der Traum eines jeden Sängers ist doch, bei einer Schallplattenfirma unter Vertrag genommen zu werden. Was für ein verrückter Tag!

Die letzten Gäste verließen das Restaurant nach Mitternacht. Nor und Billy saßen bei Dennis an der Bar, der noch die letzten Gläser abwusch. Nor hielt ein Glas hoch. »Ich habe gehört, es bringt Unglück, mit Wasser anzustoßen, doch ich riskiere es. Auf Billy und den neuen Vertrag!«

»Dein Vater wäre stolz auf dich«, sagte Dennis.

»Und ob.« Nor schaute zur Decke. »Auf dich, Billy, wo immer du da oben steckst. Dein Kind hat es geschafft.«

Ich muss ihn unbedingt kennen lernen, dachte Sterling. Er sah, dass alle drei verdächtig feuchte Augen bekommen hatten. Billy war gerade so alt wie Marissa gewesen, als er seinen Vater verloren hatte. Es muss für ihn und Nor entsetzlich hart gewesen sein.

»Wir wollen die Daumen drücken, dass alles gut geht«, sagte Billy. »Ich will mich nicht zu früh freuen. Das kann warten, bis ich das Angebot schwarz auf weiß in Händen halte.«

»Das kommt bestimmt bald«, versicherte ihm Nor. »Aber trotzdem singst du nächstes Jahr zu Weihnachten wieder hier mit mir.«

»Klar, Mom, und unentgeltlich!« Billy lachte.

»Ihr werdet einen Rausschmeißer engagieren müssen, der die Massen zurückhält«, prophezeite Dennis. Er faltete ein Geschirrtuch zusammen. »Okay, das wär's. Nor, du siehst furchtbar müde aus. Ich fahr dich nach Hause.«

»Hör zu, wenn ich fünfzehn Minuten zu fahren hätte, würde ich dein Angebot annehmen, so wie ich mich fühle. Ich wohne nur drei Minuten von hier, die kann ich selbst fahren. Dann habe ich morgen früh meinen Wagen vor der Tür. Du kannst mir aber die Reservierungsbücher raustragen, ich werde sie mitnehmen.«

Sie küsste Billy auf die Wange. »Bis morgen.«

»Okay. Ich geh rauf. Versuch nicht, dir heute Nacht

noch die Bücher anzusehen, Mom. Heb sie dir für morgen auf.«

Sie schauten sich an. »Ich weiß«, sagte Billy. »Dann ist es vielleicht zu spät.«

Da wohnt Billy also, dachte Sterling. Er muss eine Wohnung im ersten Stock haben. Es wäre interessant zu sehen, wie Nors Zuhause aussieht. Sie sagte, es sei nur eine Fahrt von drei Minuten. Das kann nicht allzu weit sein, so dass ich wieder zu Fuß zurückgehen kann. Und wieder eilte er über den Parkplatz, diesmal hinter Nor und Dennis her.

In den letzten Stunden ist es wirklich kalt geworden, dachte er. Er schaute zum Himmel. Wolken zogen auf und verdunkelten Mond und Sterne. Er schnupperte. Ein Hauch von Schnee lag in der Luft. Ich gehörte zu den Leuten, die den Winter lieber mochten als den Sommer, dachte er. Annie hielt mich für verrückt. Wenn sie etwas mochte, dann war es ein Tag am Strand. Ich weiß noch, dass ihre Familie ein Haus in Spring Lake besaß.

Nor fuhr eine hübsche Mercedes-Limousine. So eine habe ich auch gefahren, dachte Sterling, und diese hier unterscheidet sich nicht so sehr von meiner. Während Dennis die Reservierungsbücher im Fond auf den Boden legte und die Fahrertür für Nor aufhielt, setzte sich Sterling auf den Beifahrersitz. Ich habe nie gern hinten im Wagen gesessen, dachte er. Meine Beine haben sich immer verkrampft.

Nor schlug die Tür zu und legte den Sicherheitsgurt an. Alle machen das heutzutage, überlegte Sterling, ob es eine dementsprechende Vorschrift gibt?

Er rückte seinen Homburg gerade und musste lächeln, als ihm einfiel, dass sich Marissa im nächsten Jahr darüber lustig machen würde.

Als sie aus der Ausfahrt fuhren, zuckte er zusammen, denn Nor sagte laut vor sich hin: »Mama Heddy-Anna, der Herr stehe uns bei!«

Sterling hatte Gewissensbisse. Nor denkt, sie ist allein, und sie gehört zu den Leuten, die Selbstgespräche führen. Ich habe das auch gemacht, und ich wäre gestorben, wenn ich erfahren hätte, dass mir jemand zuhört.

Doch es ist schon in Ordnung, denn ich bin hier, um ihnen zu helfen, tröstete er sich. Zum Glück schaltete sie das Radio ein und hörte den Rest der Strecke Nachrichten.

Nors Haus stand am Ende einer Sackgasse auf einem großzügigen Grundstück. In dem Augenblick, als Sterling es erblickte, fühlte er, dass es das perfekte Zuhause für sie war. Es sah aus wie ein renoviertes Bauernhaus. Die Außenwände waren mit weißen Schindeln verkleidet, die Fensterläden waren schwarz. Auf der Veranda brannte Licht, das einen warmen Schein auf die Haustür warf.

»Gott sei Dank, endlich zu Hause«, seufzte Nor.

Ich weiß, was Sie meinen, sagte Sterling laut. Er verdrehte die Augen: Zum Glück kann sie mich nicht hören. Sonst hätte sie womöglich einen Herzanfall bekommen.

Ich will nicht lange bleiben, schwor er sich, als Nor in ihrer Tasche nach dem Hausschlüssel suchte, aus dem Wagen stieg und sich die Reservierungsbücher unter den Arm klemmte.

Sterling ging zur Haustür und bewunderte die reizvollen Sträucher, die mit einer leichten Schneeschicht bedeckt waren.

Sobald Nor die Tür geöffnet, die Alarmanlage ausgeschaltet und das Licht angeknipst hatte, erkannte er, dass sie außerdem noch einen guten Geschmack hatte. Das Parterre war ein einziger, großer Raum mit weißen Wänden und Holzfußboden. Ein höher gelegter Kamin bestimmte den Wohnzimmerbereich. Im rechten Winkel dazu stand ein Weihnachtsbaum in Zimmerhöhe, geschmückt mit elektrischen Lichterketten. Die drei unteren Etagen des Baums trugen eindeutig Marissas Handschrift. Gebastelte Papiersterne, viel Lametta und Naschwerk zeigten, wie sie sich einen richtigen Weihnachtsbaum vorstellte.

Bequeme Sofas, große persische Teppiche, feine antike Möbel und erstklassige Gemälde waren auf den übrigen Raum verteilt. Das Ganze strahlte lebhafte Gelassenheit aus – wenn es so etwas gibt, dachte Sterling.

»Eine Tasse Kakao«, murmelte Nor, als sie die Schuhe von sich schleuderte. Sie ging in die Küche, ließ die Reservierungsbücher auf den Tisch fallen und öffnete den Kühlschrank. Obwohl er sich nicht gern beeilte, huschte Sterling von einem Gemälde zum nächsten. Die sind wertvoll, dachte er. Ich wünschte, ich hätte die Zeit, um sie genauer zu betrachten. Eine englische Jagdszene hatte es ihm besonders angetan.

Als Anwalt einer Reihe von Familienunternehmen hatte er zu Lebzeiten ein Auge für gute Kunst entwickelt. Es hieß immer, ich wäre auch ein ausgezeichneter Gutachter gewesen, erinnerte sich Sterling.

Eine Treppe, die in den ersten Stock führte, zog ihn magisch an. Nur ein kurzer Blick, dann verschwinde ich wieder, schwor er sich.

Nors Schlafzimmer war der größte Raum. Auf der

Kommode, dem Frisiertisch und auf den Nachttischen standen gerahmte Fotos. Es waren ausnahmslos persönliche Erinnerungen, und die meisten zeigten eine wesentlich jüngere Nor mit Billys Vater. Auf mindestens sechs Bildern war Billy mit seinen Eltern zu sehen, das erste aus seiner frühen Kindheit. Auf dem letzten, das alle drei zeigte, war er etwa sechs Jahre alt.

Sterling streckte den Kopf ins erste der beiden anderen Schlafzimmer. Es war klein, aber gemütlich und hatte das aufgeräumte Flair eines Gästezimmers.

Die dritte Tür war zu. Auf einem kleinen Porzellanschild hieß es, HIER WOHNT MARISSA. Als er die Tür öffnete, schnürte es Sterling die Kehle zu. Dieses Kind wird im kommenden Jahr so viel verlieren, dachte er.

Der Raum war bezaubernd. Weiße Rattanmöbel. Blauweiße Tapeten. Weiße Decke mit Lochstickerei auf dem Bett und ebensolche Vorhänge. Bücherregale an der einen Wand. Ein Pult mit Pinnbrett an der anderen.

Er hörte, wie Nor die Treppe heraufkam. Es war Zeit zu gehen. Als ihm einfiel, dass die Tür geschlossen gewesen war, zog er sie leise hinter sich zu. Dann sah er, dass Nor in ihrem Schlafzimmer verschwand. Kurz darauf ging Sterling mit flotten Schritten die Straße hinunter, den Mantelkragen hochgeschlagen, den Homburg so weit wie möglich ins Gesicht gezogen.

Ich muss ein paar Stunden totschlagen, dachte er. Billy schläft wahrscheinlich. Vielleicht schaue ich kurz bei Marissa vorbei. Aber wo wohnt sie genau? Ich konnte mich nie besonders gut orientieren.

Bisher war so viel los gewesen, dass er beschäftigt war, doch jetzt, da alle zu Bett gegangen waren, fühlte er sich ein wenig einsam, während er durch die stillen Straßen trottete.

Soll ich versuchen, Kontakt mit dem Himmlischen Rat aufzunehmen? Oder beschließen sie dann, dass ich für den Job nicht geeignet bin? Und wenn ja, was dann?

Plötzlich fiel ihm etwas ins Auge.

Was ist das?

Ein Stück Papier flatterte vom Himmel. Direkt vor ihm blieb es in der Luft stehen. Sterling packte es, faltete es auseinander und trat unter die nächste Straßenlaterne, um es zu lesen.

Es war ein Stadtplan, auf dem deutlich gekennzeichnet war, wo Marissa und Nor wohnten. Eine gestrichelte Linie begann an dem Punkt, an dem stand: »Sie befinden sich hier.« Dann folgten genaue Anweisungen – »vier Blocks nach Osten … dann einen Block nach links, dann rechts« –, die den Weg zu Marissa beschrieben. Eine zweite gepunktete Linie zeigte den Weg von dort zum Restaurant zurück.

Sterling schaute nach oben, am Mond und an den Sternen vorbei in die Ewigkeit. Danke. Ich bin sehr dankbar, flüsterte er.

Egal, wie spät es auch sein mochte, Dennis Madigan las immer vor dem Schlafengehen die *New York Post*. Seine Frau Joan hatte sich längst daran gewöhnt einzuschlafen, wenn bei ihm noch das Licht brannte.

Heute Abend jedoch konnte er sich nicht auf die Zeitung konzentrieren. Weder Nor noch Billy war klar, dass ihr Leben womöglich ernsthaft in Gefahr war. Wenn die Badgetts so schlecht waren, wie Sean O'Brien sie beschrieb ... Dennis schüttelte den Kopf. Als er noch in Manhattan als Barkeeper arbeitete, hatte er über ihresgleichen viel gehört und gesehen. Jedoch nichts Gutes.

Ein gelispeltes »bisschen«. Woran erinnert mich das, fragte er sich, während er gereizt die Zeitung durchblätterte. Nor glaubt, der Mann sei vielleicht schon mal im Restaurant zu Gast gewesen. Er kann allerdings kein Stammgast sein, sonst würde ich ihn kennen.

»Bisschen«, lispelte er laut vor sich hin.

Joan schlug die Augen auf und blinzelte. »Was?«

»Nichts. Tut mir Leid, Schatz. Schlaf weiter.«

»Du hast gut reden«, murmelte sie und drehte ihm den Rücken zu.

Dennis blätterte zur Medienseite der *Post* vor und schmunzelte, als er Linda Stasis lustige Kritik über eine kitschige Weihnachtssendung las.

Er war überhaupt nicht müde, obwohl es bereits halb vier war, und er las die Restaurantseiten durch. Sein Blick fiel auf einen Artikel über ein neues Restaurant in Midtown Manhattan. »Wir begannen mit einer Vichyssoise ...«, hieß es in der Spalte.

Klingt nach einem guten Schuppen, dachte Dennis. Muss ich mal testen. Er und Joan fuhren gelegentlich gern in die Stadt und probierten neue Lokale aus.

Gedankenverloren schaute er auf die Zeitung. Vichyssoise. Er erinnerte sich an einen Kellner bei Nor, einen Klugscheißer, der nicht lange geblieben war. Er hatte sich über einen Gast lustig gemacht, der so schrecklich gelispelt hatte, als er einmal »Vichyssoise« und ein anderes Mal »Gemüsesuppe« bestellt hatte.

Dennis versuchte sich an den Namen des Gastes zu erinnern. Ich sehe ihn vor mir. Er und seine Frau nahmen immer einen Cocktail an der Bar. Nette Leute. Er ist mir nicht sofort eingefallen, da er lange nicht da war und keinen anderen Sprachfehler hatte.

Vor seinem inneren Auge tauchte ein Gesicht auf. Er wohnt hier, dachte Dennis. Und sein Name ... sein Name ... er klang europäisch.

Hans Kramer!

Genau! So heißt er!

Dennis griff nach dem Telefonhörer. Nor hob nach dem ersten Freiton ab. »Nor, ich hab's. Der Mann auf dem Anrufbeantworter. Könnte es Hans Kramer sein?«

»Hans Kramer«, sagte sie bedächtig. »Da klingelt's nicht bei mir. Ich kann mich nicht erinnern ...«

»Überleg mal, Nor. Er lispelte, als er ›Vichyssoise‹ und ›Gemüsesuppe‹ bestellte.«

»Mein Gott, natürlich ... du hast Recht.« Nor stützte sich auf einen Ellbogen und drückte sich hoch. Sean O'Briens Visitenkarte stand an der Nachttischlampe. Als sie danach griff, spürte sie das Adrenalin durch ihren Körper strömen.

»Ich weiß, dass Kramer was mit Computern zu tun hatte, Dennis. Vielleicht hat er ein Lager. Ich rufe sofort O'Brien an. Ich hoffe, wir kommen nicht zu spät.«

Als Sterling auf Marissas Haus zuging, wirkte alles ruhig und friedlich. Alles war dunkel, bis auf einen schwachen Lichtschimmer, der aus einem Fenster im oberen Stockwerk drang.

Meine Mutter hat für mich immer das Licht im Flur angelassen, erinnerte er sich. Obendrein ließ sie meine Zimmertür einen Spaltbreit offen, damit ich es sehen konnte. Ich war ein Hasenfuß, dachte er lächelnd. Abgesehen davon schlief ich auch noch bis zu meinem zehnten Lebensjahr mit meinem Teddy im Arm.

Ihm fiel ein kleines Schild auf, das anzeigte, dass das Haus gegen Eindringlinge elektronisch gesichert war. Er schlüpfte ins Haus, ohne sich die Mühe zu machen, die Tür zu öffnen, falls der Alarm eingeschaltet war. Der Himmlische Rat erwartete wohl von ihm, sich wie alle anderen fortzubewegen, es sei denn, er wäre dadurch an der Erfüllung seiner Aufgabe gehindert. Einen Alarm sollte er gewiss nicht auslösen.

Auf Zehenspitzen schlich er die Treppe hinauf und musste sich anstrengen, über Roys hohe Kindergitter zu steigen. Für wie groß hält er eigentlich seine Kinder, fragte sich Sterling, als er merkte, dass er mit dem Hosenaufschlag hängen geblieben war. Im nächsten Augenblick landete er auch schon auf dem Boden des Flurs.

Dem Himmel sei Dank, dass ich keinen Krach mache, dachte er mit einem Blick zur Decke. Sein Hut war ihm vom Kopf geflogen. Beim Aufstehen spürte er Stiche im Rücken. Er hob den Homburg auf und versuchte aufs Neue, Marissa zu besuchen.

Ihr Zimmer lag am Ende des Flurs. Alle Zimmertüren waren nur angelehnt. Aus dem Elternschlafzimmer drang leises Schnarchen. Als er am Zimmer der Krümelmonster vorbeikam, hörte er, wie sich einer der Jungen bewegte. Sterling zögerte und lauschte, doch dann schien das Kind sich wieder beruhigt zu haben.

Obwohl der Himmel sich bezog, fiel noch genug Licht von draußen herein, so dass er Marissas Gesicht deutlich erkennen konnte. Sie hatte sich im Bett zusammengerollt, das Haar lag auf ihrer Wange, die Decke hatte sie fest um sich gezogen.

Ein Stapel Schachteln in einer Ecke war Zeugnis dafür, dass sie zu Weihnachten und zum Geburtstag viele Geschenke erhalten hatte. Kein Wunder, dachte Sterling. Ich würde ihr auch gern etwas schenken.

Er setzte sich auf denselben Stuhl, auf dem er nächstes Jahr sitzen würde, wenn er zum ersten Mal mit Marissa reden würde. Von dort aus betrachtete er Marissas Gesicht. Sie sieht aus wie ein Engel, dachte er zärtlich. Wenn sie doch nur die Veränderung nicht mitmachen müsste, die ihr bevorsteht! Hätte ich doch nur die Macht, ihre Welt so zu erhalten, wie sie jetzt ist. Aber das kann ich nicht, deshalb werde ich im nächsten Jahr alles daransetzen, ihre Welt wieder zusammenzufügen. Auf Biegen und Brechen, beschloss er.

Und nicht nur, weil ich in den Himmel will. Ich will ihr wirklich helfen. Sie sieht so klein und verletzlich aus. Kaum zu glauben, dass sie dasselbe Kind ist, das heute im Restaurant das Sagen hatte und gleich nach der Party ihren Vater anrief, um ihn auszufragen.

Mit einem Lächeln, das in einen Seufzer mündete, stand Sterling auf und ging aus dem Zimmer. Auf dem Weg über den Flur hörte er, wie eines der Krümelmonster zu schreien begann. Das zweite schloss sich an.

Die brauchen mich zum Glück nicht, dachte Sterling. Kurz darauf wankte Roy aus dem Schlafzimmer ins Kinderzimmer. »Daddy ist da«, gurrte er. »Roy Junior, Robert, Daddy ist da.«

Denise hat ihn gut erzogen, dachte Sterling. Meine Freunde stellten sich immer taub, wenn ihre Kinder mitten in der Nacht schrien. Aber die Zeiten haben sich geändert. Ich war Einzelkind, dachte er, als er die Treppe hinunterging. Meine Eltern waren über vierzig, als ich zur Welt kam. Ich wurde der Mittelpunkt ihres Daseins. Sie waren längst im Himmel, als ich in den himmlischen Warteraum kam.

Wie schön wird es sein, Mutter und Vater wiederzusehen, dachte er und schaute noch einmal zum Himmel empor.

Sterling warf einen Blick auf den Plan, ehe er das Haus verließ. Dann machte er sich auf den Weg zu Nors Restaurant. Während er durch die stillen Straßen ging, überkam ihn plötzlich ein Gefühl der Dringlichkeit. Obwohl er nicht aus unmittelbarer Nähe zu ihm herüberdrang, konnte er den Rauch riechen.

Sie haben es getan, dachte er. Gerade haben sie Feuer im Lagerhaus gelegt.

Zwanzig Jahre war Sean O'Brien schon in der Polizeidienststelle von Nassau County tätig. In dieser Zeit hatte er gelernt, mit nächtlichen Anrufen zu rechnen, wenn sich in einem Fall, an dem er gerade arbeitete, eine interessante Entwicklung abzeichnete.

Als sein Telefon um zwanzig vor vier Uhr klingelte, war Sean im Nu wach und griff nach dem Hörer. Wie er gehofft hatte, war es Nor.

»Sean, Dennis hat gerade angerufen. Ihm ist der Name des Mannes auf dem Anrufbeantworter eingefallen, und er hat Recht. Ich bin mir absolut sicher, dass es stimmt.«

»Wer ist es?«

»Er heißt Hans Kramer. Er wohnt in Syosset und hat irgendso eine Firma für Computersoftware. Er kommt gelegentlich ins Restaurant.«

»Okay, Nor. Ich kümmere mich sofort darum.«

Sean war jetzt hellwach und setzte sich auf die Bettkante. Er war allein. Seine Frau Kate, eine Krankenschwester, hatte Nachtdienst auf der Kinderstation des North-Shore-Krankenhauses.

Zuerst rief er das Polizeirevier in Syosset an. Es bestand die Möglichkeit, dass ihnen Kramer bekannt war.

Die Idee erwies sich als gut. Nick Amaretto, der Dienst habende Beamte, wusste genau, wer Kramer war. »Netter Mensch. Hat zwanzig Jahre in der Stadt gewohnt und eine Zeit lang im Bauamt gearbeitet. Hat vor ein paar Jahren die Sammelaktion fürs Rote Kreuz organisiert. Besitzt eine Softwarefirma.«

»Hat er ein Lager?«

»Ja. Er hat ein Grundstück an der Autobahn erworben, wo eine Reihe schäbiger Motels stand, und einen hübschen kleinen Komplex mit Büro und Lager errichtet.«

»Ich hab einen Hinweis bekommen, dass es möglicherweise in Brand gesteckt wird. Wegen einer überfälligen Rückzahlung an die Badgett-Brüder.«

»O Mann. Wir fahren sofort rüber. Ich rufe die Bombenspezialisten und die Feuerwehr an.«

»Ich sag der Bundespolizei Bescheid. Bis später.«

»Moment noch, Sean«, rief der Beamte in den Hörer. »Da kommt gerade was im Radio.«

Sean O'Brien wusste, dass er zu spät gekommen war, noch ehe Amaretto wieder ans Telefon ging. Der Kramer-Komplex stand bereits in Flammen.

Hans Kramer erhielt den Anruf seines Sicherheitsdienstes um 3.43 Uhr. Die Rauchmelder im Lager seien in Gang gesetzt worden. Die Feuerwehr sei bereits unterwegs.

In verzweifeltem Schweigen zogen sich Hans und seine Frau Lee etwas über, schlüpften barfuß in Turnschuhe, griffen nach ihren Jacken und liefen zum Auto.

Ich habe die Deckungssumme erheblich herabgesetzt, dachte Hans verzweifelt. Ich konnte die Prämien nicht aufbringen. Wenn die Feuerwehr das Lager nicht retten kann, was soll ich dann tun?

Ihm war beklommen zumute. Obwohl es nicht warm im Wagen war, brach ihm der Schweiß aus.

»Hans, du zitterst ja«, sagte Lee mit besorgter Stimme. »Egal wie schlimm es ist, wir schaffen das. Ich verspreche dir, wir packen das schon.«

»Lee, du verstehst das nicht. Ich habe Geld geliehen, viel Geld. Ich dachte, ich könnte es zurückzahlen. Ich war sicher, die Geschäfte würden besser laufen.« Die Straße war beinahe leer. Er gab Gas, und der Wagen schoss davon.

»Hans, der Arzt hat dich gewarnt. Das letzte Belastungs-EKG war nicht gut. Bitte, beruhige dich.«

Ich schulde ihnen dreihunderttausend Dollar, dachte Hans. Das Lager ist drei Millionen wert, doch ich bin nur in Höhe der Pacht versichert. Ich habe nicht genug Geld, um die Anleihe zurückzuzahlen.

Als sie in die Straße einbogen, die zum Komplex führte, hielten Hans und Lee gleichzeitig die Luft an. In der Ferne sahen sie Flammen in der Dunkelheit auflodern, grelle, wütende Flammen inmitten dicker Rauchwolken.

»O nein«, stöhnte Lee auf.

Hans war zu schockiert, um etwas zu sagen. Das waren *sie*, dachte er. Die Badgetts. Das ist ihre Antwort auf meine Bitte um Zahlungsaufschub.

Als Hans und Lee das Lager erreichten, war es umzingelt von Feuerwehrwagen. Wasser aus Hochdruckschläuchen ergoss sich in das Inferno, doch es war offensichtlich, dass das Feuer unmöglich unter Kontrolle zu bringen war.

Als Hans die Wagentür öffnete, durchfuhr ihn ein heftiger Schmerz, und er stürzte auf die Straße.

Kurz darauf spürte er, dass ihm etwas auf die Nase gedrückt wurde, es zuckte in seiner Brust, und starke Hände hoben ihn hoch. So verrückt es war: Er fühlte sich erleichtert.

Die Sache lag nicht mehr in seinen Händen.

Sterling erreichte das Restaurant und war nicht überrascht, Nor auf dem Parkplatz zu sehen, die gerade aus dem Wagen stieg. Sie müssen schon vom Feuer wissen, dachte er und setzte sich in Trab.

Er folgte Nor in Billys Wohnung hinauf, die den gesamten ersten Stock des Gebäudes einnahm. Dennis war bereits dort, und Billy hatte Kaffee gekocht.

»Sean ist hierher unterwegs«, informierte Nor ihren Sohn. Sie hatte kein Make-up aufgelegt. Die Haare hatte sie mit einem Kamm locker hochgesteckt, dennoch fielen ihr lange Strähnen in den Nacken und ins Gesicht. Sie trug einen hellblauen Trainingsanzug und Turnschuhe.

Billy hatte sich verbeulte Jeans, ein knautschiges Jeanshemd und alte Slipper angezogen. Er sah müde und unrasiert aus.

Dennis trug ein graues Madison Village Sweatshirt über einer abgenutzten Cordhose.

»Sean hat gesagt, er müsse unbedingt sofort mit uns reden«, sagte Nor, während Billy Kaffee in Becher goss. Sie gingen an den Tisch im Esszimmer.

Von dem Platz, den er sich ausgesucht hatte, konnte Sterling einen Blick ins Wohnzimmer werfen. Billy bewohnte eine gemütliche Junggesellenbude, etwas unordentlich, Turnschuhe unter und ein Stapel Zeitungen auf dem Wohnzimmertisch. Das Sofa und die Stühle spotteten im Grunde jeder Beschreibung, sahen aber einladend aus.

Es war deutlich zu sehen, dass Billy im Wohnzimmer an seiner Musik arbeitete. Am Klavier lehnten zwei Gitarren, und auf dem Sofa waren Notenblätter verstreut.

Ähnlich wie bei Nor sah der Schmuck am Weihnachtsbaum zum größten Teil so aus, als hätte Marissa ihn selbst gebastelt.

Es läutete an der Haustür. Sean O'Brien war offensichtlich eingetroffen. Billy drückte auf den Türöffner und erwartete Sean oben an der Treppe.

O'Brien wirkte sehr ernst. Er nickte, als Billy ihm Kaffee anbot, setzte sich zu ihnen an den Tisch und berichtete von dem Brand.

»Wie schlimm ist es?«, fragte Nor.

»Wie es schlimmer nicht sein kann«, antwortete O'Brien. »Hans Kramer ist im Krankenhaus. Er hat einen ziemlich schweren Herzinfarkt erlitten, aber er kommt wohl durch.«

Nor sog hörbar die Luft ein. »O nein.«

»Sein Gebäude ist bis auf die Grundmauern abgebrannt«, fuhr O'Brien fort. »Restlos. Da waren Experten am Werk.«

»Ist es denn tatsächlich Brandstiftung gewesen?«, fragte Nor der Form halber, denn eigentlich kannte sie die Antwort bereits.

»Ja.«

»Und was passiert jetzt?«, fragte Billy.

»Die Männer vom FBI werden bald hier eintreffen. Sie müssen Ihre Aussagen aufnehmen. Ihre Aussagen belasten die Badgetts schwer. Wenn Kramer wieder einigermaßen auf den Beinen ist, werden wir seine Aussage einholen. Dann reicht die Bundespolizei Klage ein. Da Sie mit angehört haben, wie Junior die Brandstiftung in Auftrag gab, sieht es ganz so aus, als läge diesmal wirklich etwas Stichhaltiges gegen sie vor. Aber ich warne Sie, unter keinen Umständen darf jemand wissen, dass Sie Zeugen gewesen sind.«

Billy und Nor wechselten einen Blick. »Ich glaube, wir wissen beide, was das zu bedeuten hat«, sagte Billy.

»Ich bestimmt«, meinte Dennis finster.

Sterling schüttelte den Kopf. Der Anwalt, dachte er. Charlie Santoli, der Anwalt der Badgetts. Er hat Billy und Nor aus dem Büro kommen sehen. Wissen die Badgetts das bereits?

Am Montagmorgen ging Charlie Santoli um halb acht die Treppe hinunter in die Küche seines Hauses in Little Neck auf Long Island. Marge, seine Frau, war schon unten und machte das Frühstück.

Die Hände in die Hüften gestemmt und Sorgenfalten auf der Stirn, schaute sie ihn durchdringend an. »Du siehst aus, als wärst du eine Woche lang nicht ins Bett gekommen, Charlie«, sagte sie geradeheraus.

Charlie hob eine Hand. »Marge, fang nicht schon wieder an. Mir geht's gut.«

Marge war eine attraktive, gut gebaute Frau mit kurzen, braunen Haaren, ein Farbton, den sie regelmäßigen Besuchen im Schönheitssalon um die Ecke verdankte. Seit Jahren hatte sie jeden Samstag einen festen Termin für Waschen, Legen und Maniküre. Jeden vierten Samstag ließ sie sich eine Algenmaske auflegen und die Haare färben.

Marge ließ sich durch nichts davon abhalten. Sie stand in dem Ruf, sich sogar unter der Trockenhaube mit anderen Kundinnen zu unterhalten. Das hieß natürlich, dass sie schreien musste, um verstanden zu werden. Im Laufe der Zeit hatte Charlie erkannt, dass Marge die Gabe des Quasselns von ihren irischen Vorfahren geerbt hatte. Stets wollte sie sowohl das erste als auch das letzte Wort haben.

Jetzt musterte sie ihren Mann eingehend, betrachtete sein Gesicht und nahm die müden Linien um seine Augen wahr, die schmalen Lippen, das leichte Muskelzucken in einer Wange. Dann hob sie zu einer vertrauten Litanei an. »Du siehst schrecklich aus, und alles nur, weil die beiden dich in den Wahnsinn treiben.«

Ein Summer ertönte. Marge drehte sich um und holte mit der Hand, die in einem Kochhandschuh steckte, ein Tablett frisch gebackener Maismuffins aus dem Ofen. »Hast du letzte Nacht überhaupt geschlafen?«

Habe ich das?, fragte sich Charlie. Er hatte Kopfschmerzen, Magenschmerzen und Sodbrennen. Er antwortete nur mit einem Schulterzucken.

Gestern Abend, als er um neun Uhr nach Hause kam, war Marge über ihn hergefallen, um Einzelheiten über die Party zu erfahren, doch er hatte sich entschuldigt. »Marge, lass mir etwas Zeit, es zu verdauen.«

Sie war ihm gnädig gewesen, denn zum Glück lief auf irgendeinem obskuren Kabelsender ein Weihnachtsklassiker, den sie schon immer gemocht hatte. Marge hatte sich mit einer Schachtel Kleenex neben dem Sofa und einer Tasse Tee auf dem Tisch fröhlich darauf vorbereitet, ordentlich abzuweinen.

Charlie war für diese Schonfrist ausgesprochen dankbar, hatte sich einen starken Scotch gemacht und war hinter der Sonntagszeitung abgetaucht.

Marge hatte es beinahe umgebracht, die Badgett-Party zu verpassen, vor allem wegen der köstlichen Aussicht, Mama Badgett über Satellit im Fernsehen zu sehen. Ihr Hinderungsgrund war ein schon seit langem geplantes Treffen mit ihren Klassenkameradinnen von der St. Mary's Academy gewesen, das am späten Nachmittag stattgefunden hatte. Als Verantwortliche für das Treffen hatte sie den Termin ausgewählt und konnte daher nicht einfach fehlen. Sie war in ihre eigene Falle getappt, hatte Charlie mitleidlos festgestellt.

Jetzt legte Marge ein Muffin auf einen Teller, den sie vor ihn hinstellte. »Steh da nicht rum«, sagte sie. »Setz dich und iss wie ein normaler Mensch.«

Jeder Protest war zwecklos. Charlie zog pflichtschuldigst einen Stuhl unter dem Tisch hervor, während sie ihm eine Tasse Kaffee einschenkte. Seine Vitamintabletten lagen bereits aufgereiht neben einem Glas frisch gepressten Orangensafts.

Könnte er doch nur die Badgetts anrufen und ihnen sagen, dass er nie wieder einen Fuß in ihre Wohnung oder ihr Büro setzen wolle. Könnte er doch nur einfach hier in dieser gemütlichen Küche bei Marge sitzen und friedlich mit ihr frühstücken, ohne noch einen Gedanken an die Brüder verschwenden zu müssen.

Marge schenkte sich Kaffee ein und bestrich ein Muffin dick mit Marmelade. »Und jetzt erzähl mal«, befahl sie. »Was ist auf der Party passiert? So wie du gestern Abend nach Hause geschlichen bist, muss es furchtbar gewesen sein. Hat die Satellitenübertragung nicht funktioniert?«

»Leider kam sie laut und deutlich rüber.«

Sie riss die Augen auf. »Was soll das heißen, ›leider‹?«

»Mama Heddy-Anna war betrunken.« Charlie erzählte den Rest der Geschichte, ließ nichts aus und beschrieb zum Schluss in schillernden Farben, wie Mama Heddy-Anna der Gesellschaft der North Coast die kalte Schulter gezeigt hatte.

Enttäuscht schlug Marge mit der geballten Faust auf den Tisch. »Dass ich das aber auch verpassen musste! Wieso gehe ich mit dir immer nur auf die langweiligen Partys? Wenn ich mir überlege, dass ich gesagt habe, Thanksgiving sei kein guter Termin für unser Klassentreffen! Womit hab ich das nur verdient?«

Charlie trank seine Tasse leer. »Ich wünschte, ich *hätte* sie verpasst! Die beiden werden heute total mies drauf sein.« Es lag ihm auf der Zunge, ihr zu erzählen, allen Partygästen sei nun klar geworden, dass die Badgett-Brüder nie wieder in Wallonia gewesen waren, seit sie es verlassen hatten. Am liebsten hätte er Mamas eigene Worte wiedergegeben: »Wie viel Schlechtes tut ihr, dass ihr eure Mama nicht besuchen könnt?«

Charlie hatte nie den Mut aufgebracht, Marge zu sagen, dass er das volle Ausmaß der Situation in Wallonia erst erfahren hatte, als er schon zu tief drinsteckte, um wieder rauszukommen. Junior und Eddie waren in Abwesenheit für eine Menge Verbrechen, an die Charlie nicht zu denken wagte, zu einer lebenslänglichen Haftstrafe verurteilt worden. Sie konnten nie wieder zurück, und er kam nie mehr von ihnen los.

Der Verzweiflung nahe, stand er auf, küsste Marge auf den Scheitel, ging an den Garderobenschrank, holte seinen Mantel heraus, nahm die Aktentasche und ging.

Das Bürogebäude der Badgetts, in dem Charlie arbeitete, stand in Rosewood, eine Viertelstunde von ihrem Anwesen entfernt. Junior und Eddie waren schon da, als Charlie eintraf. Sie standen in Juniors Privatbüro, und zu Charlies Überraschung waren die beiden bemerkenswert gut gelaunt. Er hatte damit gerechnet, sie bei schlechter Laune anzutreffen und war davon ausgegangen, dass es ihnen irgendwie gelänge, ihm zumindest einen Teil der Schuld an dem Fiasko mit Mama in die Schuhe zu schieben.

Auf der Fahrt von Little Neck ins Büro der Badgetts hatte er seine Verteidigung vorbereitet: »Ich habe die Spende für den Anbau vorgeschlagen, die Party und die Präsentation des Porträts. Die Satellitenübertragung war Ihre Idee.«

Doch natürlich wusste Charlie, dass er das auf keinen Fall sagen durfte. Die leiseste Andeutung, dass Mamas Auftritt alles andere als entzückend gewesen war, wäre unverzeihlich. Inzwischen hatten sich die Brüder gewiss bereits einen anderen Grund dafür ausgedacht, warum die Party ein totaler Reinfall gewesen war.

Die musikalische Einlage, dachte Charlie. Sie werden zu dem Schluss kommen, dass Nor Kelly und Billy Campbell es nicht gebracht hatten. Sie werden es Jewel anlasten, sie vorgeschlagen, und mir, sie engagiert zu haben. Als er auf den reservierten Parkplatz einbog, fiel ihm plötzlich ein, wie aufgeregt Kelly und Campbell gewesen waren, als sie gestern aus Juniors Büro gekommen waren.

Den Brüdern hatte es wahrscheinlich nicht gepasst, wie sie »Happy Birthday« auf Wallonianisch gesungen hatten, vermutete Charlie. Zögernd stellte er den Motor ab, stieg aus dem Wagen und verriegelte ihn mit der Fernbedienung. Schleppenden Schrittes ging er auf das Gebäude zu und nahm den Aufzug in die dritte Etage, wo man sich gänzlich den scheinlegalen Unternehmungen der Badgett-Brüder widmete.

Der Grund für die frühe Unterredung war, dass Junior sich für den Kauf eines Autohauses in Syosset interessierte, weil es seinen eigenen Autohäusern Kunden abwarb. Juniors Sekretärin war noch nicht da. Charlie grüßte flüchtig eine Empfangsdame und wartete, vorgelassen zu werden. Er fragte sich, wie lange es wohl dauern mochte, bis das Geschäft abgeschlossen war, bis der neue Händler kapierte, dass ihm gar nichts anderes übrig blieb, als an die Badgetts zu verkaufen.

»Sagen Sie ihm, er soll reinkommen«, dröhnte Juniors angenehme Stimme aus der Sprechanlage.

Das Büro war vom selben Dekorateur eingerichtet worden, der sich auch im Herrenhaus ausgetobt hatte. Ein reichhaltig verzierter Doppelschreibtisch mit glänzender Oberfläche, Tapeten mit goldenen Streifen, ein dunkelbrauner Teppich mit dem Initialen der Brüder in Gold, schwere braune Seidenvorhänge und die Miniatur einer Ortschaft unter Glas mit einem Schild mit der Inschrift DIE HEIMAT UNSERER KINDHEIT waren nur einige interessante Punkte, die ins Auge fielen.

Links von der Tür waren ein Sofa und Stühle in Zebramuster um einen großen Bildschirm an der Wand aufgestellt.

Die Brüder tranken Kaffee und sahen sich etwas im Lokalsender an. Junior winkte Charlie herein und zeigte auf einen Stuhl. »Die Nachrichten kommen gerade, ich will sie nicht verpassen.«

»Seit sechs Stunden brennt das Lagerhaus in Syosset lichterloh«, begann der Journalist am Nachrichtentisch.

»Zwei Feuerwehrleute wurden wegen Rauchvergiftung behandelt. Der Besitzer des Lagers, Hans Kramer, erlitt vor Ort einen Herzinfarkt und wurde ins St.-Francis-Krankenhaus gebracht, wo er jetzt auf der Intensivstation liegt …«

Es folgten Bilder vom brennenden Gebäude. Dann wurde ein Film eingeblendet, auf dem ein Feuerwehrmann Wiederbelebungsversuche bei dem am Boden liegenden und mit einer Sauerstoffmaske versorgten Hans Kramer unternahm.

»Das genügt, Eddie, mach aus.« Junior stand auf. »Brennt noch immer, he? Muss ein verdammt großer Brand sein.«

»Marode Leitungen, garantiert.« Eddie schüttelte den Kopf. »So was passiert, was, Junior?«

Hans Kramer. Charlie kannte den Namen. Er war im Herrenhaus gewesen, um mit Junior zu reden. Er gehörte zu den Leuten, die »Privatdarlehen« von den Brüdern erhalten hatten. Junior und Eddie hatten ihm das angetan. Er hat sicher nicht rechtzeitig zurückgezahlt, dachte Charlie, deshalb haben sie sein Unternehmen in Schutt und Asche gelegt.

Diese Nummer hatten sie schon oft durchgezogen. Wenn die Bullen beweisen können, dass Junior und Eddie etwas mit dem Brand zu tun haben, dann steht ihnen eine weitere Klage wegen Brandstiftung ins Haus, dachte Charlie. Wenn Kramer stirbt, könnten sie wegen Mordes in den Knast kommen.

Aber natürlich würde man den Badgetts nichts beweisen können. Sie waren zu vorsichtig. Für das Darlehen, das Kramer bei ihnen aufgenommen hatte, stand wahrscheinlich ein normaler Zinssatz auf dem Papier.

Niemand wüsste, dass der Zinssatz von fünfzig Prozent bereits in die Kreditsumme eingebaut war. Und natürlich würde der Typ, der den Brand tatsächlich gelegt hatte, nicht auf ihrer Gehaltsliste für Schlägertypen stehen. Dafür dürften sie einen »freien Mitarbeiter« engagiert haben.

Doch wenn etwas aufkommt, das den Brand mit Junior und Eddie in Verbindung bringt, dann darf ich wieder dafür sorgen, dass die Leute vergessen, was sie wissen oder zu wissen glauben, dachte Charlie verzweifelt.

»He, Charlie, was guckst du so finster?«, fragte Junior. »Es ist ein herrlicher Morgen.«

»Ja, ein ziemlich großartiger Morgen«, echote Eddie und stand auf.

»Wie Jewel schon sagte, Mama war niedlich wie ein Knopf am Satellit«, fügte Junior hinzu. »Sie hat ihren Grappa schon immer gern gemocht. Jewel meinte, nachdem wir gestern ins Büro gegangen waren, hätten alle auf der Party betont, Mama sei wunderbar.«

»Ja«, stimmte Eddie ihm zu, und sein Lächeln wurde melancholisch.

»Und die beiden Künstler waren 'ne Nummer für sich. Gut. Ich meine, echt gut.«

Charlie hatte Junior seit Monaten nicht in so überbordender guter Laune erlebt. Jewel ist gar nicht so dumm, wie ich dachte, entschied er. Wenn es ihr gelungen ist, die beiden davon zu überzeugen, dass alle von Mama begeistert waren, sollte man sie zur Botschafterin von Wallonia machen.

»Es freut mich, dass Ihnen Nor Kelly und Billy Campbell gefallen haben«, sagte er. »Sie wirkten so bestürzt, als sie aus Ihrem Büro kamen, dass ich schon dachte, Sie wären mit ihrer Musik nicht zufrieden gewesen und hätten es ihnen mitgeteilt.«

Charlie spürte sofort, wie die Stimmung umschlug. Junior schaute ihn kalt an, die Augen zu Schlitzen verengt, die Wangenknochen waren gerötet, die Halsmuskeln traten plötzlich hervor. »Was haben Sie gesagt?«, fragte er mit eisiger Stimme.

Charlie warf einen nervösen Blick auf Eddie, dessen schlaffe Wangen sich gestrafft hatten. Die Rührseligkeit, die Mamas Name bei ihm ausgelöst hatte, war verschwunden. Seine Lippen hatten sich in eine dünne, graurote Linie verwandelt.

»Ich habe nur gesagt, dass …« Er verstummte.

»… dass Nor Kelly und Billy Campbell nach dem Satellitenbesuch Ihrer Mutter aus Ihrem Büro kamen.«

»Warum haben Sie uns nicht gesagt, dass sie dort waren?«

»Junior, es bestand kein Grund. Warum hätte ich es Ihnen sagen sollen? Ich dachte, Sie wüssten es.«

»Eddie, die Tür zum Empfangszimmer stand doch offen, oder?«, fragte Junior.

»Ja.«

»Na schön, Charlie. Sie hätten uns sagen sollen, dass die beiden uns gefolgt sind. Sie hätten wissen müssen, wie wichtig diese Information für uns ist. Jetzt müssen Sie die Singvögel wohl anrufen.« Er legte absichtlich eine Pause ein. »Ich glaube, Sie wissen, wovon ich rede.«

Jetzt werden die Fragen und Protokolle zu Ende sein, dachte Sterling, als er sah, wie die Leute vom FBI Nor, Billy, Dennis und Sean die Hand schüttelten. Es war inzwischen elf Uhr. In den vergangenen zwei Stunden hatte das FBI die vier Zeugen unter Eid aussagen lassen.

Nor und Billy hatten sogar einen Grundriss zeichnen und zeigen müssen, wo sie gestanden hatten, als sie Hans Kramers Stimme auf dem Anrufbeantworter hörten sowie Juniors Anordnung, das Lager in Brand zu setzen.

»Ms. Kelly, sind Sie sicher, dass die Badgetts nicht den Verdacht hegen, dass Sie in dem Raum vor ihrem Büro gewesen sind?«, fragte Rich Meyers, der leitende Untersuchungsbeamte, noch einmal, als er nach seiner Aktentasche griff. »Wie ich schon sagte, wenn sie wüssten, dass Sie etwas mitbekommen haben, müssten wir Sie sofort unter Polizeischutz stellen.«

»Ich glaube nicht, dass sie es wissen. Nach allem, was ich über die Brüder erfahren habe, hätten sie ihre Pläne für die Brandstiftung wahrscheinlich rückgängig gemacht, wenn sie uns gesehen hätten.« Nor richtete den

Kamm, der ihr Haar hielt. »Es gibt einen Spruch: ›Ich fühle mich wie gerädert‹ ...«

Meine Mutter hat das immer gesagt, dachte Sterling.

»... und genauso komme ich mir jetzt vor. Wenn Sie mit mir fertig sind, dann gehe ich jetzt nach Hause, steige in den Whirlpool und lege mich ein paar Stunden hin.«

»Eine sehr gute Idee«, sagte Meyers verständnisvoll. »Na schön. Wir bleiben in Kontakt. Unterdessen leben Sie normal weiter.«

Klingt einfach, dachte Sterling. Leider wird das nicht so einfach gehen.

Sean O'Brien hielt sich nur noch kurz auf, nachdem die Bundesbeamten gegangen waren. »Ich halte Sie auf dem Laufenden«, versprach er.

»Dennis, nimm dir doch einen Tag frei«, schlug Nor vor. »Pete kann die Bar übernehmen.«

»Und ich soll auf die ganzen Weihnachtstrinkgelder verzichten? Wohl kaum.« Dennis gähnte. »Ich fange am besten gleich an umzuräumen. Wir haben über Mittag wieder eine Gruppe zu Gast, Nor.«

»Das hab ich nicht vergessen. Aber die müssen ohne mich auskommen. Bis später.«

Als die Tür hinter Dennis ins Schloss fiel, sagte Billy: »Weihnachtstrinkgelder? Im Leben nicht. Er will nur sichergehen, dass er in der Nähe ist, falls es Ärger gibt.«

»Ich weiß. Willst du auch versuchen, noch ein wenig zu schlafen, Billy? Vergiss nicht, wir treten heute Abend noch zweimal auf.«

»Jetzt muss ich erst einmal meine Nachrichten abfragen. Ich hab den Jungs vorgeschlagen, dass wir uns diese Woche mal zum Mittagessen treffen.«

Nor schlüpfte mit einem Arm in ihren Mantel. »Weil wir die Nachricht von Hans Kramer gehört haben, stecken wir im Schlamassel. Es wäre gut gewesen, wenn wir den Brand hätten verhindern können, aber jetzt macht mir die Aussicht Angst, gegen diese beiden als Zeugen aufzutreten.«

»Vergiss nicht, sie haben keine Ahnung, dass wir sie belauscht haben.« Billy drückte auf die Wiedergabetaste am Anrufbeantworter.

Sterling schüttelte den Kopf, als er an Charlie Santoli dachte. Vielleicht erwähnt er nicht, dass er Nor und Billy gesehen hat, dachte er voller Hoffnung. Doch angesichts der zukünftigen Ereignisse, von denen er bereits wusste, war er sicher, dass es nicht so kommen würde.

»Sie haben zwei neue Nachrichten«, begann die elektronische Stimme.

Die erste war von einem Freund, der einen Termin für das geplante Mittagessen vorschlug. »Du musst nur zurückrufen, wenn es dir morgen nicht passt.« Die zweite war von dem leitenden Angestellten der Schallplattenfirma, der ihm am vorangegangenen Abend den Vertrag angeboten hatte.

»Billy, ich weiß, es ist kurzfristig, aber Chip Holmes, einer unserer führenden Köpfe, kommt unverhofft in die Stadt. Er würde sich gern heute mit Ihnen treffen. Er ist im St. Regis abgestiegen. Können Sie auf einen Drink um halb sechs vorbeischauen? Sagen Sie mir Bescheid.«

»Hab ich nicht gesagt, dass du es schaffst?«, fragte Nor, als der Anrufbeantworter sich ausschaltete. »Chip Holmes. Billy, das ist großartig. Wenn Holmes dich mag, steigst du mit dieser Firma in schwindelerregende Höhen auf. Du bist nicht nur einer unter vielen, der das Zeug zum Sänger hat. Er wird einen Haufen Geld investieren, um dich aufzubauen.«

»Wäre toll«, sagte Billy und trommelte wild mit den Fingern auf dem Tisch. »Ich will keine Eintagsfliege im Showgeschäft sein. Du weißt besser als ich, wie viele Typen anfangs Erfolg hatten und dann mit fünfunddreißig hinter den Jobs herrennen mussten. Mal sehen. Ich bin kein Neuling mehr in diesem Geschäft.«

»Ich weiß, was du meinst, aber du wirst es schaffen«, versicherte ihm Nor. »Jetzt verschwinde ich aber wirklich. Hals- und Beinbruch. Bis heute Abend.«

An der Tür warf sie noch einen Blick über die Schulter. »Ich habe mir immer geschworen, dir keine guten Ratschläge zu erteilen, aber ich kann nicht anders. Kalkuliere für die Fahrt nach New York viel Zeit ein. Der Weihnachtsverkehr ist noch immer ziemlich dicht.«

»Ich fahr mit dem Zug«, sagte Billy zerstreut und griff nach seiner Gitarre.

»Das ist klug.«

Als Nor gegangen war, ließ sich Sterling in den Clubsessel sinken und legte die Beine auf einen Hocker. Er hörte zu, als Billy begann, die Saiten zu zupfen und leise etwas zu singen, was er auf ein zerknittertes Stück Papier geschrieben hatte.

Er probiert neue Texte aus, dachte Sterling. Fröhlich, aber mit einem netten melancholischen Touch. Billy ist wirklich gut. Ich hatte immer ein feines musikalisches Gehör, erinnerte er sich.

Eine Dreiviertelstunde später klingelte das Telefon. Billy nahm den Hörer ab, sagte »Hallo«, hörte zu und fragte dann, sichtlich nervös: »Sie rufen aus der Firma Badgett an? Was kann ich für Sie tun?«

Sterling hievte sich aus dem Sessel und war mit zwei raschen Schritten neben Billy. Er hielt das Ohr an den Hörer.

Am anderen Ende der Leitung stand Charlie Santoli in seinem Büro und verabscheute sich mit jedem Wort mehr. »Ich bin ein Repräsentant der Firma. Der Grund, warum ich anrufe, ist, wie Sie vielleicht wissen, dass die Badgett-Brüder aus Nächstenliebe ein großes Stipendienprogramm für Kinder aus dieser Gegend ins Leben gerufen haben. Ihnen hat Ihre Vorstellung gestern Abend sehr gut gefallen, und sie wissen, dass Sie eine kleine Tochter haben.«

Sterling sah, wie Billy die Stirn runzelte. »Was hat meine Tochter damit zu tun?«

»Ihre Zukunft hat eine Menge damit zu tun. Die Badgetts vermuten, dass Ihre Zukunft als Künstler ziemlich unsicher sein kann. Sie würden gern einen Treuhandfonds gründen, um sicherzustellen, dass Marissa in zehn Jahren ein gutes College besuchen kann.«

»Warum wollen sie das tun?«, fragte Billy und konnte seine Wut nur mühsam unterdrücken.

»Weil manchmal scherzhafte Bemerkungen belauscht werden, die ein Eigenleben entwickeln, wenn man sie weitererzählt. Die Badgetts wären sehr aufgebracht, wenn das passierte.«

»Soll das eine Drohung sein?«

Natürlich, dachte Charlie. Das ist mein Job. Er räusperte sich. »Ich biete Ihnen an, dass Ihre Tochter zu den Auserwählten gehört, für die ein Einhunderttausend-Dollar-Treuhandfonds eingerichtet wird. Junior und Eddie Badgett wären hocherfreut, wenn Sie annähmen. Andererseits fänden sie es enttäuschend, wenn Sie leichtfertige Bemerkungen weitergäben, die man falsch auslegen könnte.«

Billy stand auf. Der Hörer traf Sterling am Kiefer, so dass er blinzeln musste.

»Hören Sie zu, Sie Repräsentant der Firma Badgett, wer immer Sie sind, Sie sagen den beiden, dass meine Tochter ihren Treuhandfonds nicht benötigt. Ich werde selbst für ihre Erziehung sorgen, ohne Hilfe von denen … Und was die ›scherzhaften‹ oder ›leichtfertigen Bemerkungen‹ betrifft, ich habe keine Ahnung, wovon Sie reden.«

Er knallte den Hörer auf, sank auf das Sofa und ballte die Hände zu Fäusten. »Sie wissen, dass wir sie gehört haben«, sagte er laut vor sich hin. »Was sollen wir tun?«

Der himmlische Rat beobachtete die Entwicklung auf Erden mit gespannter Aufmerksamkeit. Charlie Santolis Anruf bei Billy Campbell rief eine spontane Reaktion hervor. »Charlie Santoli sollte lieber aufpassen«, sagte der Mönch mit ernster Miene.

»Der soll nur weinend hier antanzen, wenn seine Zeit gekommen ist!« Die Augen des Schäfers blitzten feurig auf.

»Das haben ihm die Schwestern im St. Francis Xavier aber nicht beigebracht«, sagte die Nonne traurig.

Die Königin hatte Bedenken. »Er sollte lieber aufwachen, ehe es zu spät ist.«

»Er will gut sein«, wandte die Nonne ein.

»Dann, Madam, sollte Charles Santoli sich bessern und in die Hufe kommen«, donnerte der Admiral.

»Ich glaube, Sterling wird wieder mit uns reden wollen«, vermutete der Indianer. »Er ist sehr bescheiden. Er will seine Aufgabe erledigen, und er scheut sich nicht, um Hilfe zu bitten.«

»Er war immer in der Lage, fürsorglich zu sein und zu lieben«, sagte der Schäfer besänftigend. »Ich war sehr zufrieden mit dem Ausdruck in seinen Augen, als er Marissa beim Schlafen zugesehen hat.«

Sterling holte Marissa gerade ein, als sie ihre Schlittschuhe in die Tasche packte und hinaus zum Auto lief. Nachdem ihm klar war, dass Billy ein paar Stunden schlafen wollte, war er hinüber zu Marissa gegangen, um zu sehen, wie es ihr ging.

Er kam gerade rechtzeitig, um bei Roy einzusteigen, der Marissa zur Eisbahn fuhr. Die beiden Krümelmonster fuhren auch mit. Eingezwängt zwischen den Zwillingen, wich Sterling wedelnden Armen aus, die ihn von beiden Seiten angriffen. Sein Kiefer war noch etwas lädiert vom Aufprall des Hörers, als er Santolis Unterhaltung mit Billy belauscht hatte, und Roy Junior hatte dafür, dass er erst ein Jahr alt war, eine gemeine Rechte.

Aber sie sind niedlich, gestand er nach kurzem Zögern ein. Es ist schon faszinierend zu sehen, wie sie alles in sich aufnehmen. Mein Problem war, dass ich weder Brüder noch Schwestern hatte. Vielleicht wäre ich nicht mein Leben lang so ängstlich darauf bedacht gewesen, mich von Kindern fern zu halten, wenn ich ein bisschen mehr Erfahrung mit ihnen gehabt hätte.

Er war einmal Taufpate gewesen, und das Baby hatte

ihm auf den Nadelstreifenanzug gepinkelt, den er zum ersten Mal getragen hatte.

Vorn sagte Roy zu Marissa: »Ich habe gehört, Großmama will dir heute beibringen, wie man Apfelstrudel backt.«

Wie spannend, dachte Sterling und sah, dass Marissa dasselbe empfand. Dennoch sagte sie höflich: »Ich weiß. Großmama ist so nett.«

Roy lächelte gütig. »Ich möchte mindestens zwei Stück.«

»Okay, aber vergiss nicht, dass ich ein Stück für Daddy und eins für NorNor aufheben muss.«

Man hat es nicht leicht als Stiefvater, dachte Sterling verständnisvoll. Marissa hielt ihn immer auf Distanz. Hätte ich Roy bei unserer ersten Begegnung besser gekannt, hätte ich ihn nicht so schnell als Spießer abqualifiziert.

Aber er fährt wirklich wie eine Schnecke mit Rückenleiden. Sterling stimmte mit Marissa vollkommen überein, als sie ungeduldig dachte: »Nun mach schon, sonst ist das Training vorbei, wenn ich ankomme.«

Sie gleicht Nor aufs Haar, dachte Sterling.

Als sie die Eisbahn erreichten, bedankte Marissa sich bei Roy fürs Bringen, küsste ihn auf die Wange und winkte den Zwillingen zu, ehe sie ausstieg.

Sterling kletterte über Roy Juniors Kindersitz. Der Kleine war überrascht. Er spürt mich, dachte Sterling. Beide fangen an, mich zu spüren. Kleine Kinder sind sich des Übersinnlichen sehr bewusst. Schade, dass das später verloren geht.

Er holte Marissa ein und hörte zu, wie sie sich angeregt mit ihren Freundinnen an der Bande der Eisbahn unterhielt.

Miss Carr war die Lehrerin, die er im nächsten Jahr auf der Eisbahn im Rockefeller Center sehen würde. Sie blies in eine Trillerpfeife, und zehn Kinder glitten auf die Eisfläche, alle ein paar Jahre älter als Marissa.

Manche Kinder waren sehr gut, doch Marissa war einfach hervorragend. Sie ist schon wie ein alter Hase, dachte Sterling, als er mit ansehen musste, wie sie zwei schwere Stürze hinnahm. Sie steht einfach wieder auf, schüttelt sich und versucht die Drehung oder den Sprung noch einmal.

Als die Kinder später wieder ihre Schuhe oder Stiefel angezogen hatten, kam eins der Mädchen zu Marissa. »Meine Schwester hat die Single deines Vaters zu Weihnachten bekommen. Ob er ihr wohl ein Autogramm gibt?«

Marissa strahlt vor Stolz, dachte Sterling beim Zusehen und stellte amüsiert fest, dass sie in bewusst beiläufigem Tonfall antwortete: »Klar doch. Mein Vater gibt meinen Freundinnen gern Autogramme.«

»Schreibt er gerade an einem neuen Song?«, fragte das Mädchen.

»Er schreibt andauernd neue Songs.«

»Sag ihm, er soll doch mal einen über uns schreiben!«

»Zuerst schreibt er einen über mich!«, kicherte Marissa.

Erst sieben und altklug wie eine Fünfundzwanzigjährige. Scheint vor Liebe zu ihrem Vater fast zu platzen. Sterling seufzte. Und steht kurz davor, eine lange Zeit von ihm getrennt zu werden. Ich muss los. Er warf noch einen letzten Blick auf Marissas strahlendes Lächeln und verließ die Eisbahn.

Er rückte seinen Homburg gerade und machte sich auf den Weg zu Billy. Er hatte vor, ihn zu seiner Besprechung zu begleiten, und freute sich darauf, wieder nach Manhattan zu kommen.

In Madison Village kenne ich mich langsam gut aus, dachte er. Seine Schuhe knirschten im Schnee, ein Geräusch, dass nur er hören konnte. Ich muss sagen, hier lebt es sich nicht schlecht.

Haben Sie mit Johnny ein paar Takte geredet? Und, wie lief es?«, fragte Eddie. Er stand hinter Junior, der aufrecht an seinem Schreibtisch saß wie ein Richter kurz vor dem Urteilsspruch.

»Nicht so gut.« Charlies Hände waren schweißnass. Er versuchte, einen ruhigen Tonfall zu bewahren, aber es gelang ihm nicht. »Ich habe mit Billy Campbell gesprochen und ihm das Stipendium für seine Tochter angeboten. Ich habe ihm erklärt, dass Sie enttäuscht wären, wenn scherzhafte Bemerkungen falsch ausgelegt würden.«

»Schon gut, wir wissen, was Sie sagen wollten«, drängte Eddie ungeduldig. »Wie hat er denn reagiert?«

Es war unmöglich, die Antwort länger hinauszuzögern. »Er sagte, ich solle Ihnen ausrichten, dass er für die Erziehung seiner Tochter selbst aufkommen werde und dass er nicht wisse, was Sie mit scherzhaften oder leichtfertigen Bemerkungen meinen. Dann hat er aufgelegt.«

Charlie wusste, dass sich Billys Reaktion nicht beschönigen ließ, und wenn er es versuchte, würden ihn die Brüder durchschauen. Dass Eddie die Fragen stellte, war ein beängstigendes Zeichen dafür, dass jetzt der nächste Schritt in Angriff genommen wurde. Nötigung. Und wenn das nicht klappte …

»Verschwinde, Charlie«, befahl Junior. »Du machst mich krank. Deinetwegen ist das alles passiert.« Er schaute zu seinem Bruder auf und nickte.

Charlie ging mit hängenden Schultern aus dem Büro. Spätestens heute Abend würden Billy Campbell und Nor Kelly eine Warnung erhalten, die ihnen so viel Angst einjagen sollte, dass sie den Mund hielten. Bitte, lass sie die Warnung ernst nehmen, betete er und schüttelte unglücklich den Kopf.

Wieder einmal verfluchte er den Tag vor fünfzehn Jahren, an dem die Badgett-Brüder in sein Anwaltsbüro in Queens gekommen waren und ihn gebeten hatten, sie beim Kauf einer Reinigungskette zu vertreten. Ich brauchte den Auftrag, deshalb habe ich nicht eingehend Erkundigungen eingezogen, dachte er. Wahr ist, dass ich eigentlich nichts über sie wissen wollte. Heute weiß ich leider alles.

Als sie nach Hause kam, entspannte sich Nor im Whirlpool, wusch und fönte sich die Haare und zog sich einen Hausanzug an, da sie ein Nickerchen machen wollte. Dann rief Billy an, und an Schlaf war nicht mehr zu denken.

Ihre Kehle schnürte sich zu, während sie Billy zuhörte, der seine Unterhaltung mit einem »Repräsentanten der Firma Badgett« wiedergab.

»Ich habe Rich Meyers angerufen, diesen FBI-Agenten, und ihm eine Nachricht hinterlassen. Dann habe ich Sean angerufen, aber der war auch nicht da. Ich habe mich nicht gleich bei dir gemeldet, Mom, weil ich dich ungern aufregen will, aber du musst wissen, was los ist.«

»Natürlich muss ich Bescheid wissen. Billy, diese Leute haben auf irgendeinem Wege herausgefunden, dass wir in dem Vorzimmer waren. Vielleicht haben sie versteckte Kameras.«

»Mag sein. Oder jemand hat uns dort herauskommen sehen.«

Nor zitterte. »Weißt du, wer am Telefon war?«

»Er hat seinen Namen nicht genannt, aber ich glaube, es ist dieser Typ gewesen, der uns gesagt hat, was wir singen sollen, als wir gestern dort eintrafen.«

»Ich kann mich an ihn erinnern. Ein bisschen nervös und wuselig.«

»Genau der. Hör zu, ich muss mich auf den Weg machen. Ich fahre mit dem Zug um drei Uhr nach Manhattan.«

»Billy, pass auf dich auf.«

»Du sagst doch sonst immer ›Hals- und Beinbruch‹.«

»Das hab ich schon.«

»Stimmt. Bis später, Mom.«

Mechanisch legte Nor den Hörer auf. Hals- und Beinbruch. Sie hatte in einem Nachtclub gearbeitet, dessen Besitzer mit seinen Zahlungen an so jemanden wie die Badgetts im Rückstand gewesen war. Ein gebrochenes Bein war seine erste Warnung gewesen, das Geld zu zahlen.

Außerdem hatte sich Billy anscheinend noch nicht klar gemacht, dass der Anrufer von Marissa gesprochen hatte. Wollen die Badgetts über Marissa an Billy und mich herankommen?, überlegte Nor.

Sie wählte Sean O'Briens Nummer in der trügerischen Hoffnung, sie würde ihn erreichen. Er wusste eine Menge über die Badgetts. Vielleicht könnte er ihr erzählen, was sie aller Voraussicht nach als Nächstes unternehmen würden. Wir haben schon ausgesagt, dachte sie. Selbst wenn wir wollten, wie könnten wir das wieder rückgängig machen?

Sie kannte die Antwort. Es lag nicht daran, dass sie ihre Aussagen nicht zurückziehen *konnten*. Sie *wollten* es nicht.

Ich habe immer einen Anzug angezogen, wenn ich eine geschäftliche Besprechung hatte, dachte Sterling, als er hinter Billy in den Zug nach Manhattan stieg.

Für seine Verabredung mit den Managern der Schallplattenfirma hatte Billy alte Jeans gewählt, ein weites dunkelblaues Hemd, Stiefel und eine Lederjacke.

Ich werde mich an die neue Mode nie gewöhnen. Andererseits, so gegen Ende des neunzehnten Jahrhunderts, als Mutter noch jung war, trug sie geschnürte Korsetts, hochgeknöpfte Schuhe, Hauben und bodenlange Kleider. Sterling seufzte und sehnte sich plötzlich nach der Heiterkeit des Lebens nach dem Tode, in dem es einfach keine Kleidersorgen gab.

Er setzte sich neben Billy, der einen freien Fensterplatz gefunden hatte. Auch ich wollte immer den Fensterplatz, wenn ich mit dem Zug fuhr, erinnerte sich Sterling. Wenn Annie und ich unsere Freunde in Westport besuchten, habe ich mich immer gleich ans Fenster gesetzt, und Annie hat sich nie beschwert. Ob der Himmlische Rat das gemeint hat, als sie mich »passiv-aggressiv« nannten?

Ein Blick in Billys besorgte Miene genügte, um festzustellen, wie beunruhigt er war. Sterling war froh, als Billy die Augen schloss. Vielleicht kann er sich ein wenig entspannen, hoffte Sterling. Er muss »auf Zack« sein, wenn er diesen Chip Holmes trifft.

Sie fuhren mit einem Nahverkehrszug und brauchten eine Viertelstunde bis Jamaica in Queens. Von dort nahmen sie die U-Bahn zur 59. Straße in Manhattan.

Wir sind eine Stunde zu früh dran, stellte Sterling fest, als sie die Treppen zur Straße hinaufgingen. Es wurde bereits dunkel. Dichter Verkehr herrschte auf den Straßen, und alle Schaufenster waren weihnachtlich dekoriert. Ich hoffe, Billy schlägt die Zeit mit einem Spaziergang tot. Ich war seit sechsundvierzig Jahren nicht mehr in diesem Teil von Manhattan.

Es sieht noch genauso aus, und doch anders. Bloomingdale's wird sich nie verändern. Aber das Alexander's sehe ich nicht mehr. Ich habe gern hier gewohnt, erinnerte er sich, als er alles in sich aufnahm. So etwas gibt es auf der Welt nicht noch einmal.

Er schlenderte hinter Billy her zur Park Avenue. Die Bäume auf dem Mittelstreifen erstrahlten in weißen Lichtern. Die Luft war kalt, aber klar. Sterling inhalierte genüsslich, auch wenn er nicht zu atmen brauchte. Ein Hauch von Tannenduft ließ ihn an vergangene Weihnachtsfeste denken.

Sie schlugen den Weg nach Süden ein und kamen an der Hausnummer 475 vorbei. Hier hat mein Chef gewohnt, fiel Sterling ein. Er hat Annie und mich immer zu seiner großen Neujahrsparty eingeladen. Was wohl aus ihm geworden ist? Ich habe ihn nie im himmlischen Warteraum getroffen, und ich habe ihn nie an den himmlischen Fenstern vorbeihuschen sehen.

Just in diesem Augenblick humpelte ein sehr alter Mann am Stock aus dem Gebäude und sagte zum Türsteher: »Mein Fahrer hat sich verspätet. Rufen Sie mir ein Taxi, mein Junge.«

Sterling holte tief Luft. Das ist er, mein Chef. Josh Gaspero. Er muss hundert sein! Wie gern würde ich ihm guten Tag sagen, doch so wie es aussieht, werde ich ihm ohnehin bald begegnen.

Billy war einen halben Block voraus, und Sterling beeilte sich, ihn einzuholen. Ein paar Mal schaute er über die Schulter zurück und sah, wie sein Chef ungeduldig mit dem Stock auf den Gehweg tippte. Er hat sich nicht verändert, dachte Sterling liebevoll.

Das St. Regis war in der 55. Straße, doch Billy ging auf der Park Avenue weiter nach Süden. An der 50. Straße bog er nach rechts ab und ging ein paar Blocks weiter zum Rockefeller Center.

Da bin ich wieder, dachte Sterling. Es ist so wundervoll hier um die Weihnachtszeit. Ich kann mir denken, wohin Billy will. Kurz darauf standen sie vor dem riesigen Weihnachtsbaum mit seinen tausend Lichtern und schauten auf die Eisbahn hinunter.

Hier hat alles angefangen. Sterling lächelte vor sich hin. Angefangen im nächsten Jahr. Gemeinsam betrachteten sie die Schlittschuhläufer und lauschten der Musik, die von der Eisbahn heraufschallte. Billy ist bestimmt mit Marissa zum Schlittschuhlaufen hier gewesen. Sterling betrachtete Billys Miene. Er denkt gerade an sie.

Billy drehte sich um und ging. Sterling folgte ihm über die Fifth Avenue die Treppe zur St. Patrick's Cathedral hinauf. Er will beten, dachte Sterling. In dem Augenblick, als sie durch die Tür schritten und die majestätische Schönheit der Kathedrale erlebten, überkam Sterling eine unbeschreibliche Sehnsucht. Vor seinem geistigen Auge tauchten die Bilder der freudigen und friedvollen Gesichter der Menschen auf, die auf die offenen Himmelstore zugingen. Er senkte den Kopf und kniete neben Billy nieder, der an einem Seitenaltar eine Kerze angezündet hatte.

Er betet für seine Zukunft auf Erden. Ich bete für die meine in der Ewigkeit. Gern wäre ich Weihnachten nur eine Stunde lang im Himmel ... Sterling spürte, wie ihm die Tränen kamen, und flüsterte: »Bitte, helfen Sie mir, meine Aufgabe auf Erden zu erfüllen, so dass ich mich Ihrer würdig erweise.«

Als sie kurz darauf St. Patrick's verließen, war Sterling dankbar und zerknirscht zugleich. Er wusste, dass er endlich das Geschenk des Lebens und das Geschenk des ewigen Lebens wahrhaft zu schätzen begann.

Im Hotel St. Regis suchte Billy die King Cole Bar auf, setzte sich an einen kleinen Tisch und bestellte ein Mineralwasser.

Oh, sie haben umgebaut hier, dachte Sterling, als er sich umschaute. Das Wandgemälde von Maxfield Parrish hinter der Bar ist allerdings noch dasselbe. Es hat mir immer gefallen.

Es war fast fünf Uhr. Die Bar begann sich zu füllen. Ich weiß noch, dass ich mich hier nach der Arbeit auf ein Glas Wein mit Freunden getroffen habe, erinnerte sich Sterling. Genau wie die Menschen es jetzt auch machen, mit Freunden zusammenkommen, die Gesellschaft der anderen genießen – das zumindest ist zeitlos.

Zwei junge Frauen an einem Tisch in der Nähe schenkten Billy ein Lächeln, der zu sehr mit seinen Sorgen beschäftigt war, um sie überhaupt zu bemerken.

Um zwanzig nach fünf sah Sterling, dass Billy sich innerlich auf die Unterredung vorbereitete. Er straffte die Schultern, trank einen Schluck Mineralwasser und behielt die Tür im Auge. Zehn Minuten später, als der leitende Angestellte der Schallplattenfirma, der bei Nor gewesen war, mit einem rasch ausschreitenden, kahlköpfigen Mann im Schlepptau auftauchte, war Billy der Liebreiz in Person.

Sie zogen an einen größeren Tisch um. Es gibt immer noch einen freien Platz, dachte Sterling, als er sich auf den leeren Stuhl setzte und begann, seine Begleiter einzuschätzen. Es dauerte nicht lange, um herauszufinden, dass Chip Holmes der maßgebliche Mann in der Schallplattenfirma war, während Eli Green das Büro in New York leitete.

Holmes war ein Mann der schnellen Entschlüsse, der ohne Umschweife zur Sache kam. »Sie sind gut, Billy, Sie sind sehr gut. Ihre Stimme hat etwas Besonderes, und deshalb bin ich zuversichtlich, dass Sie groß rauskommen werden.«

Sag ich doch, dachte Sterling.

»Sie sehen außerdem gut aus, was bei den männlichen Künstlern in diesem Geschäft selten ist …«

Sterling spendete Billy im Stillen Beifall für sein Verhalten während der halbstündigen Besprechung. Er wirkte und klang zuversichtlich, und als Holmes ihm einen umfangreichen Vertrag anbot und versprach, er werde die Unterstützung bekommen, die er brauchte, war er dankbar, ohne gleich zu Kreuze zu kriechen.

»Wir bringen Sie mit einem unserer besten Produzenten zusammen. Er will so bald wie möglich mit Ihnen arbeiten. In einem Jahr könnten Sie ein Star sein, Billy.«

Zuletzt gab man sich die Hand, und Billy drückte seinen tief empfundenen Dank aus.

Guter Schachzug, dachte Sterling. Während des Gesprächs hast du ihn mit deiner Selbstbeherrschung beeindruckt, doch es war an der Zeit, ihn wissen zu lassen, wie glücklich du bist. Ich kenne diese Typen. Sie gefallen sich in der Rolle des Königsmachers.

In der Hotelhalle sah Billy im Zugfahrplan nach und warf einen Blick auf die Uhr. Sterling schaute ihm über die Schulter; er würde versuchen, den Zug zu bekommen, der um zehn vor sieben von der Station Jamaica abfuhr. Ein wenig knapp, sorgte sich Sterling, aber es ist ein Express, und der Nächste ein Nahverkehrszug.

Sie legten die sieben Blocks zur 59. Straße in der Hälfte der Zeit zurück, die sie für den Hinweg gebraucht hatten. Billy muss auf Wolken schweben, dachte Sterling. Zumindest vorläufig. Bestimmt denkt er nicht an die Badgetts, sondern träumt davon, was der Schallplattenvertrag für seine Zukunft bedeutet.

Sie liefen die Treppe zur U-Bahn hinunter und gelangten auf den überfüllten Bahnsteig. Billy schaute noch einmal auf die Uhr und bahnte sich einen Weg nach vorn an die Bahnsteigkante. Er beugte sich vor in der Hoffnung, einen Scheinwerfer im Tunnel zu sehen.

Es geschah in Sekundenbruchteilen. Plötzlich tauchte wie aus dem Nichts ein bulliger Mann auf, der Billy so heftig mit der Schulter anrempelte, dass dieser ins Taumeln geriet und auf die Gleise zu stürzen drohte. Verängstigt versuchte Sterling, Billy zu packen, denn er wusste, dass

Billy das Gleichgewicht verlieren würde, doch seine Arme gingen direkt durch Billys Körper hindurch.

Der Zug sauste in den Bahnhof. Er fällt, dachte Sterling hilflos. Eine Frau schrie auf, als derselbe bullige Mann Billy plötzlich zurückzog und dann in der Menge Richtung Ausgang verschwand.

Die Türen des Zuges gingen auf. Billy trat zur Seite, während aufgeregte Passagiere an ihm vorbeihasteten.

»Ist alles in Ordnung?«, fragte ihn jemand besorgt, als er in den Zug stieg.

»Ja, es geht schon.« Billy packte den mittleren Pfahl an der Tür und hielt sich daran fest.

Eine ältere Frau ermahnte ihn: »Wissen Sie, was für ein Glück Sie hatten? Sie sollten niemals so nah am Rand des Bahnsteigs stehen.«

»Ich weiß. Es war dumm von mir«, stimmte Billy ihr zu und wandte sich dann ab, darum bemüht, wieder normal zu atmen.

Das war nicht dumm, wollte Sterling ihm zurufen, verzweifelt, dass er Billy nicht warnen konnte. Billy hat nicht gemerkt, dass er geschubst wurde. Der Bahnsteig war so überfüllt, dass er bestimmt glaubt, der Druck der Menge habe ihn aus dem Gleichgewicht gebracht und jemand habe ihn rechtzeitig zurückgerissen.

Sterling hielt sich am selben Pfahl wie Billy fest, während die U-Bahn über die Gleise ratterte und schwankte. Sie kamen gerade rechtzeitig in Jamaica an und bekamen den Zug um 18.50 Uhr nach Syosset.

Den ganzen Heimweg über gingen Sterling niederschmetternde Gedanken durch den Kopf: Was auf dem Bahnsteig passiert ist, war kein Unfall. Was werden die Badgett-Brüder als Nächstes unternehmen?

Lee Kramer saß allein in dem kleinen Wartezimmer des Krankenhauses, das für die Angehörigen der Intensivpatienten reserviert war. Bis auf wenige Minuten, die sie am Fußende von Hans' Bett stehen durfte, hatte sie hier gesessen, seitdem sie kurz vor Anbruch der Morgendämmerung dem Krankenwagen hierher gefolgt war.

Ein schwerer Herzinfarkt. Die Worte hallten dumpf in ihr nach. Hans, der in den zweiundzwanzig Ehejahren kaum je erkältet gewesen war. Sie rief sich in Erinnerung, dass der Arzt gesagt hatte, Hans' Zustand stabilisiere sich. Hans habe Glück gehabt. Die Feuerwehr sei mit den entsprechenden Geräten vor Ort gewesen und habe sein Herz einer Schockbehandlung unterzogen, damit es wieder schlug, das habe ihm das Leben gerettet.

Er hatte zu viel Stress, dachte Lee. Der Anblick des Feuers hat ihm den Rest gegeben.

Sie schaute auf, als die Tür geöffnet wurde, und wandte sich ab. Ein paar Freundinnen waren vorbeigekommen und leisteten ihr Gesellschaft, doch diesen sachlich wirkenden, dunkelhaarigen Mann kannte sie nicht.

Der FBI-Agent Rich Meyers war in der Hoffnung ins

Krankenhaus gekommen, man würde ihn kurz mit Hans Kramer reden lassen. Das komme gar nicht in Frage, hatte die Schwester ihm nachdrücklich mitgeteilt, dann aber hinzugefügt, Mrs. Kramer sitze im Wartezimmer.

»Mrs. Kramer?«

Lee drehte sich mit einem Ruck um. »Ja. Ist etwas …?«

Die Anspannung auf Lee Kramers Gesicht war augenscheinlich. Sie sah aus, als hätte sie einen Schlag in die Magengrube erhalten. Ihr kurzes, aschblondes Haar, die blauen Augen und der frische Teint sagten Meyers, dass sie wahrscheinlich ebenso wie ihr Mann aus der Schweiz stammte.

Rich stellte sich vor und reichte ihr seine Visitenkarte. Ein ängstlicher Ausdruck trat in ihr Gesicht. »FBI?«, fragte sie.

»Wir gehen der Vermutung nach, dass der Brand im Lager Ihres Mannes absichtlich gelegt wurde.«

»Absichtlich? Wer sollte so etwas tun?« Erstaunt riss sie die Augen auf.

Meyers setzte sich auf den Plastikstuhl ihr gegenüber. »Wissen Sie etwas über Geld, das Ihr Mann sich geliehen hat?«

Lee schlug sich die Hand vor den Mund, und die Gedanken, die sie den ganzen Tag über gequält hatten, purzelten nur so heraus. »Als alles anders wurde und die Geschäfte schlecht liefen, haben wir eine zweite Hypothek auf unser Haus aufgenommen für jeden Cent, den die Bank uns leihen wollte. Auf dem Lager lastet eine Hypothek, aber nur so hoch, wie wir es beleihen konnten. Ich weiß, dass es unterversichert ist. Hans war sich so sicher, dass das Geschäft wieder in Gang käme, wenn er nur noch ein bisschen länger durchhielte. Er ist wirklich großartig.

Das von ihm ausgearbeitete Softwareprogramm wird garantiert ein Erfolg.« Sie verstummte. »Was spielt das jetzt noch für eine Rolle? Wenn er nur durchkommt ...«

»Mrs. Kramer, hat es zusätzlich zu den Hypotheken andere Kredite gegeben, die Ihr Mann aufgenommen hat?«

»Ich wusste nichts davon, aber heute Morgen, nachdem wir den Anruf wegen des Brandes erhalten hatten, sagte er so etwas wie: ›Ich habe mir eine Menge Geld geliehen ...‹«

Meyers Miene blieb ausdruckslos. »Hat er Ihnen gesagt, von wem er es geliehen hat?«

»Nein.«

»Dann wissen Sie nicht zufällig, ob er gestern Abend jemanden wegen der Rückzahlung des geliehenen Geldes angerufen und eine Nachricht auf dem Anrufbeantworter hinterlassen hat?«

»Nein, davon weiß ich nichts. Aber er war gestern Abend sehr aufgeregt.«

»Mrs. Kramer, hat Ihr Mann ein Handy?«

»Ja.«

»Wir würden Sie gern um Erlaubnis bitten, seine Mailbox und die Aufzeichnungen über Anrufe zu Hause zu überprüfen, um festzustellen, ob er gestern Abend einen Anruf getätigt hat.«

»Wen hätte er anrufen sollen?«

»Leute, die ihm keine Kreditverlängerung einräumen.«

Innerlich vor Angst bebend, stellte Lee die nächste Frage. »Steckt Hans in Schwierigkeiten?«

»Mit dem Gesetz? Nein. Wir wollen nur mit ihm über den Kredit sprechen. Der Arzt sagt uns Bescheid, wenn wir zu ihm können.«

»*Falls* es geht«, flüsterte Lee.

Charlie Santoli hatte das Büro der Badgetts möglichst schnell verlassen, nachdem sie über ihn hergefallen waren, weil es ihm nicht gelungen war, Billy Campbells Schweigen zu erkaufen, doch um vier Uhr ließ Junior ihn noch einmal zu sich rufen.

Er hastete durch den Flur und um die Ecke zur Vorstandssuite, die sich Junior und Eddie teilten. Ihre langjährige Sekretärin saß am Schreibtisch. Vor Jahren war Charlie zu dem Schluss gekommen, dass Lil wohl schon von klein auf einen missmutigen Gesichtsausdruck hatte. Jetzt, da sie die fünfzig überschritten hatte, war ihr Stirnrunzeln eine dauerhafte Einrichtung geworden. Trotzdem mochte er Lil, und sie war wohl der einzige Mensch im Gebäude, der sich nicht vor Junior fürchtete.

Sie schaute auf, die Augen hinter den riesigen Brillengläsern sahen extrem groß aus, und zeigte mit dem Daumen über die Schulter, womit sie stets andeutete, dass er gleich hineingehen konnte. Dann krächzte sie mit einer Stimme, die vom jahrelangen Kettenrauchen heiser war: »Die Laune hat sich etwas gebessert.« Sie hielt kurz inne. »Aber was soll's.«

Charlie wusste, dass er nicht antworten musste. Er atmete einmal tief durch und drückte die Tür auf.

Junior und Eddie saßen auf den Stühlen mit Zebramuster, ein Glas in der Hand. Wenn der Geschäftstag zu Ende ging, nahmen sie oft noch einen Drink zusammen, ehe sie in ihre Limousine stiegen und nach Hause fuhren. Wenn Charlie zufällig zugegen war, bot man ihm an, sich an der Bar zu bedienen.

Heute war nicht so ein Tag. Man bot ihm weder einen Drink noch einen Stuhl an.

Junior schaute zu ihm herüber. »Für den Fall, dass Campbell zur Vernunft kommt, müssen wir dieses Stipendienprogramm ankurbeln. Jeder weiß, dass wir gerade 'nen Haufen Dollar für die Alten gespendet haben. Jetzt müssen wir uns den Kleinen widmen. Sie kümmern sich um die Einzelheiten. Suchen Sie neun weitere Kinder mit herausragenden Leistungen aus der Gegend, alle im Alter von Campbells Kind. Wir meinen, es wäre doch sehr nett von uns, denen auch Stipendien zu geben.«

Das muss ein Witz sein, dachte Charlie. Zögernd schlug er vor: »Ich glaube, es wäre klüger, wenn zumindest ein paar Kinder älter sind. Wie wollen sie den Medien erklären, dass Sie die Absicht haben, zehn College-Stipendien an Erstklässler zu verteilen, wenn es Schüler und Schülerinnen auf der High School gibt, die es jetzt brauchen?«

»Das wollen wir nicht«, knurrte Eddie. »Wir wollen in die Zukunft investieren. Wenn Campbell schlau genug ist, zu tun, was wir verlangen, mogeln wir den Namen seines Kindes unter die anderen.«

»Marissa hat gute Noten, und sie ist eine geschickte

kleine Eiskunstläuferin«, bemerkte Junior lässig und biss das Ende einer Zigarre ab. »Suchen Sie uns andere Kinder, die so begabt sind wie sie.«

Charlie hatte das Gefühl, als drehten sich ihm die Eingeweide um. *Geschickte kleine Eiskunstläuferin.* Woher weiß Junior so viel über Marissa Campbell, fragte er sich.

»Wenn Sie natürlich Billy Campbell nicht überzeugen können, das, was er über unseren kleinen Scherz gesagt hat, zu widerrufen, brauchen wir überhaupt keinen Treuhandfonds«, sagte Junior leise. »Lassen Sie sich von uns nicht weiter aufhalten, Charlie. Wir wissen, wie viel Sie zu tun haben.«

Als er wieder in seinem Büro war, versuchte sich Charlie mit dem Gedanken zu beruhigen, dass Menschen wie Junior und Eddie, so schlecht sie auch waren, niemals auf die Kinder ihrer Feinde losgingen.

Aber diese beiden ... Er dachte den Gedanken nicht zu Ende. Stattdessen betete er, Billy Campbell möge zur Vernunft kommen und das Stipendium annehmen.

Kopfschüttelnd langte er nach dem Ordner mit Informationen über das Autohaus, das die Badgetts kaufen wollten. Er hatte den ganzen Tag daran arbeiten wollen, sich aber nicht konzentrieren können.

Um halb sieben klappte er den Ordner zu und stand auf. Er hatte den Mantel an und die Aktentasche in der Hand, als das Telefon klingelte. Zögernd hob er ab.

Eine leise, heisere Stimme, die er nicht erkannte, flüsterte: »Charlie, ich soll dir vom Boss ausrichten, dass Billy Campbell beinahe vor eine U-Bahn gestürzt wäre, aber es ist mir gelungen, ihn zu retten.«

Noch ehe Charlie antworten konnte, war die Verbindung unterbrochen.

Er legte den Hörer auf und blieb lange an seinem Schreibtisch stehen. In all den Jahren, die er für die Badgetts arbeitete, hatte er schlimmstenfalls potenziellen Zeugen Angst eingejagt, so wie Billy Campbell, und sie später mit gewaschenem Geld bestochen. Mehr war nie passiert. Man konnte ihm den Kopf waschen, weil er Zeugen beeinflusst hatte, doch das hier war anders und viel ernster. Sie wollen mich mit in alles hineinziehen, was Billy Campbell und Nor Kelly auch zustößt, wenn ich sie nicht dazu überreden kann, den Mund zu halten, dachte er. Ich habe Junior und Eddie noch nie so mies drauf gesehen wie heute, und ich weiß, das liegt nur daran, dass sie besorgt sind.

Er schloss seine Bürotür und ging zum Aufzug. Selbst wenn Billy Campbell und Nor Kelly einverstanden wären, alles zu vergessen, was sie mit angehört hatten, würde das ausreichen, um ihre Sicherheit zu gewährleisten?

Charlie bezweifelte das.

Als Billy und Sterling um acht Uhr abends zurückkehrten, war es bei Nor brechend voll. Das Abendessen war in vollem Gange, und an der Bar war viel los. Nor sprach mit Leuten an einem Tisch neben der Bar, doch als hätte sie hinten im Kopf Augen, drehte sie sich in dem Augenblick um, als Billy das Restaurant betrat. Ihre Miene hellte sich auf, und sie eilte auf ihn zu.

»Wie ist es gelaufen?«

Billy grinste. »Chip Holmes rühmt ›das Besondere meiner Stimme‹ in den höchsten Tönen.«

Er kann Chip Holmes ganz gut nachahmen, dachte Sterling, besonders den nasalen Tonfall.

Nor schlang die Arme um ihn. »Oh, Billy, das ist großartig.« Sie gab einem Kellner ein Zeichen. »Nick, wir feiern. Hol uns doch bitte eine Flasche Dom Perignon.«

Ich hätte auch nichts gegen ein Glas, dachte Sterling. Er setzte sich wieder auf seinen Platz an Nors Tisch, und Erinnerungen gingen ihm durch den Kopf.

Seine Eltern, die an seinem einundzwanzigsten Geburtstag eine Flasche »Dom« öffneten …

Einen weiteren Schluck »Wohlstandsbrause« trank er mit ihnen anlässlich seines bestandenen Juraexamens …

Der wunderbare Tag im Oktober, als er und Annie mit einem anderen Paar hinausgefahren waren, um das Roosevelt-Haus im Hyde Park zu besichtigen. Unterwegs hielten sie für ein Picknick in den Palisades an, und Annie hatte alle überrascht, als sie eine Flasche Champagner und vier Gläser hervorzauberte.

Nachdem ich mein Glas geleert hatte, habe ich noch die Hälfte von ihrem getrunken, dachte er. Oh, Annie!

Sterling schluckte den Kloß im Hals hinunter. Dann fiel ihm auf, dass er Billy und Nor nicht zugehört hatte. Anscheinend hatte Billy von der Besprechung berichtet, denn Nor sagte gerade: »Billy, das ist wunderbar! Du bist auf dem Weg nach oben.«

Sie hatten nicht bemerkt, dass Sean O'Brien ins Restaurant gekommen war. Sie schauten überrascht auf, als er an ihren Tisch trat.

»Tut mir Leid, dass ich nicht eher hier sein konnte, Nor«, entschuldigte er sich. »Das nächste Mal rufen Sie mich auf meinem Handy an. Ist noch irgendetwas passiert?«

»Erzähl Sean von dem Anruf aus der Firma Badgett, Billy«, sagte Nor.

Sean O'Briens Miene verfinsterte sich, als Billy vom Angebot eines Stipendiums berichtete.

Als Billy mit den Schultern zuckte und sagte: »Das wär's«, fragte Sean sofort nach, ob er dem FBI darüber Mitteilung gemacht habe.

Billy nickte. »Rich Meyers war nicht in seinem Büro. Ich habe eine Nachricht hinterlassen.«

»Er hat hier um fünf angerufen«, sagte Nor leise. »Ich habe den Eindruck, er hält das Ganze für eine eiserne Faust im Samthandschuh und eine Art Warnung.«

O'Brien schaute finster drein. »Hören Sie, ich war dreißig Jahre lang als Kommissar tätig und kenne solche Leute nur zu gut. Die eiserne Faust wird volle Kanne zuschlagen, wenn Sie nicht spuren.«

Billy, erzählen Sie O'Brien, was in der U-Bahnstation passiert ist, bat Sterling ihn im Stillen. Sie brauchen Schutz.

»Wir haben wohl keine andere Wahl als abzuwarten«, sagte Nor. »Hier, der Champagner. Lassen Sie uns jetzt einfach auf Billys Zukunft trinken.« Sie wandte sich an ihren Sohn. »Du beeilst dich am besten mit dem Trinken. Wir müssen bald wieder auftreten.«

Billy stand auf. »Ich nehme das Glas mit nach oben. Ich muss mich umziehen und will Marissa noch anrufen. Du kennst sie. Hab versprochen, ihr vom Treffen zu erzählen, sobald ich zurück bin.«

Ich warte hier und leiste Nor Gesellschaft, beschloss Sterling, als Dennis von der Bar herüberkam. »Ich wollte Billy gratulieren, doch jetzt ist er verschwunden.«

»Er ist nach oben gegangen und zieht sich um«, sagte Nor.

Sterling hörte zu, während Nor den Männern glücklich von Billys Unterredung mit den Managern der Schallplattenfirma berichtete. Dann sagte sie. »Die Nachricht über den Vertrag ist wunderbar, aber ich kann Ihnen gar nicht sagen, wie angespannt ich den ganzen Tag gewesen bin. Seit Billy den Anruf erhalten hat, habe ich solche Angst gehabt, was die Badgetts als Nächstes tun könnten … So, jetzt muss ich mich aber auch vorbereiten«, schloss Nor. »Wir treten in einer Viertelstunde auf. Können Sie hier bleiben, Sean?«

»Nicht lange. Kate hat heute Abend Dienst.«

Dennis wandte sich an Sean. »Ich muss auch wieder an die Arbeit. Setzen Sie sich doch an die Bar!«

Als sie aufstanden, sahen sie Billy, der mit einem Feuerlöscher unter dem Arm die Treppe heruntergelaufen kam.

»Mom, dein Wagen brennt«, keuchte er. »Ich habe schon die Feuerwehr angerufen.«

Die Nachricht vom Feuer verbreitete sich rasch im Restaurant. Dennis griff nach einem Feuerlöscher aus der Bar. Mit O'Brien und Sterling auf den Fersen rannte er zum brennenden Auto hinaus und versuchte mit Billy, die Flammen zu löschen.

Nor trat aus dem Restaurant, umringt von Gästen, die versucht hatten, sie zu beruhigen.

Feuerwehren bogen mit laut aufheulenden Motoren in den Parkplatz ein. Die Feuerwehrleute befahlen den Umstehenden zurückzutreten.

Es dauerte nicht lange, bis das Feuer gelöscht war. Nors Wagen hatte an der üblichen Stelle neben dem Kücheneingang gestanden, weit genug vom öffentlichen Parkplatz entfernt.

Plötzlich rief Nor: »Kommen Sie bitte.« Sie stand an der Tür und winkte die Leute wieder ins Restaurant.

Nachdem das Wasser abgestellt war, sprach Randy Coyne, der Feuerwehrhauptmann, in Begleitung eines Polizeibeamten aus Madison Village in Nors Büro mit Nor, Billy, Sean und Dennis.

»Nor, Ihren Wagen können Sie vergessen, doch es hätte noch viel schlimmer kommen können. Wenigstens hat das Feuer nicht auf andere Wagen übergegriffen, und Sie können von Glück sagen, dass es nicht auf das Restaurant übergegriffen hat.«

»Wie ist es ausgebrochen?«, fragte Nor leise.

»Wir halten es für möglich, dass der Wagen mit Benzin übergossen wurde.«

Für einen Moment herrschte absolutes Schweigen im Raum, dann sagte Sean O'Brien: »Randy, wir haben da eine Vermutung, wer dahinterstecken könnte, aber es ist eine Sache für das FBI. Die gehen bereits einer telefonischen Drohung nach, die Billy heute Morgen erhalten hat.«

»Dann rufen Sie sie sofort an«, sagte der Polizeibeamte. »Ich sorge dafür, dass wir heute Nacht einen Streifenwagen hier postieren.«

»Und einen vor Nors Haus«, sagte Sean O'Brien bestimmt.

»Ich wäre froh, wenn ich weiß, dass jemand aufpasst«, gab Nor zu.

Sean wandte sich an Nor und Billy. »Nor, nur ein kleiner Rat. Das Beste, was Sie und Billy jetzt tun können, ist, da rauszugehen und wie normal weiterzumachen.«

»Ich wünschte, ich könnte mir Ihre Show ansehen«, sagte der Feuerwehrhauptmann mit scheuem Lächeln.

»Ich bin draußen, bis ich jemanden hier und vor Ihrem Haus postiert habe, Mrs. Kelly«, versprach der Polizist.

Billy wartete, bis sie weg waren, und sagte dann bedächtig: »Heute in der U-Bahn ist mir etwas passiert. Ich habe erst geglaubt, es sei meine eigene Unachtsamkeit gewesen, aber ...«

Die Mienen von Nor, Dennis und O'Brien wurden immer ernster, als Billy ihnen erzählte, was auf dem Heimweg geschehen war.

»Derjenige, der Sie gestoßen hat, hat Sie garantiert auch zurückgezogen«, meinte Sean kategorisch. »Das ist ein alter Trick bei denen.«

Das Telefon klingelte. Billy nahm ab. Er hörte einen Moment zu, und alle Farbe wich aus seinem Gesicht. Dann sagte er, den Hörer noch in der Hand: »Da hat mir gerade jemand gesagt, es täte ihm Leid, dass er mich auf dem Bahnsteig angerempelt habe, und ich sollte mir doch das nächste Mal den Wagen meiner Mutter ausleihen, wenn ich nach New York fahre.«

Einen Augenblick später im Angesicht der Ewigkeit, aber eine Woche nach irdischer Zeitrechnung bat Sterling um eine Unterredung mit dem Himmlischen Rat, die ihm gewährt wurde.

Er saß ihnen auf einem Stuhl gegenüber.

»Sie sehen aus, als trügen Sie die Last der Welt auf den Schultern, Sterling«, meinte der Mönch.

»Genauso komme ich mir auch vor, Sir«, bestätigte Sterling. »Wie Sie wissen, haben sich die Ereignisse der letzten Woche nach dem Autobrand überschlagen. Polizei und FBI überzeugten Nor und Billy davon, dass es unumgänglich sei, sie bis zur Gerichtsverhandlung der Badgetts unter Zeugenschutz zu nehmen. Sie rechnen damit, dass die Verhandlung in Kürze stattfinden wird.«

»Wir wissen alle, dass es nicht so sein wird«, sagte der Schäfer.

»Haben Sie einen Schlachtplan?«, fragte der Admiral herrisch.

»Ja, Sir. Ich würde das irdische Jahr gern rasch durchlaufen, damit ich an den Punkt komme, an dem ich Marissa begegnet bin. Dann kann ich etwas unternehmen, um ihr zu helfen. Bis dahin sind mir die Hände gebunden. Ich möchte gern ein paar Blicke darauf werfen, was noch so in diesem Jahr passiert ist. Es wird mir sicher helfen, Marissa wieder mit ihrem Vater und ihrer Großmutter zusammenzubringen.«

»Sie wollen also nicht noch ein volles Jahr auf Erden bleiben?« Die Königin klang belustigt.

»Nein«, versicherte Sterling ihr feierlich. »Meine Zeit auf Erden liegt hinter mir. Ich warte ungeduldig darauf, Marissa zu helfen. Sie hat sich erst vor ein paar Tagen von Nor und Billy verabschiedet und ist ganz unglücklich.«

»Das wissen wir«, sagte die Nonne leise.

»Sagen Sie uns, was Sie vorhaben«, schlug der indianische Heilige vor.

»Geben Sie mir die Freiheit und die Macht, dieses Jahr so schnell zu durchlaufen, wie ich es für notwendig erachte, außerdem die Fähigkeit, mich von einem Ort zum anderen zu bewegen, wenn ich Sie darum bitte.«

»Wen wollen Sie besuchen?«, fragte der Matador.

»Mama Heddy-Anna zum Beispiel.«

Der Himmlische Rat schaute ihn erschrocken an.

»Besser Sie als ich«, murmelte der Mönch.

»Mama Heddy-Anna hat sich mit vielem abgefunden«, meinte die Nonne.

»Ich fürchte den Tag, an dem sie hier aufkreuzt«, sagte der Admiral. »Ich habe in Schlachten schon Schiffe kommandiert, aber ich muss zugeben, bei einer solchen Frau könnte ich zum Feigling werden.«

Sie lachten. Der Mönch hob eine Hand. »Machen Sie nur, Sterling. Tun Sie, was getan werden muss. Sie haben unsere Unterstützung.«

»Danke, Sir.« Sterling schaute die Heiligen der Reihe

nach an und drehte dann den Kopf zum Fenster. Die Himmelstore waren so nahe, dass er sie fast berühren konnte, wenn er den Arm ausstreckte.

»Zeit zu gehen, Sterling«, sagte der Mönch freundlich. »Wohin wollen Sie?«

»Nach Wallonia.«

»Wie Sie wollen«, sagte der Mönch und drückte auf den Knopf.

Leise rieselte der Schnee, ein kalter Wind wehte, und das Dorf Kizkek sah aus, als hätte sich in den letzten tausend Jahren nichts verändert. Es lag in einem kleinen Tal, schmiegte sich an den Fuß der schneebedeckten Berge, die einen Schutzschild gegen die Außenwelt bildeten.

Sterling befand sich auf einer schmalen Straße am Rande des Dorfes. Ein von einem Esel gezogener Karren näherte sich, und er trat zur Seite. Dann konnte er einen Blick auf das Gesicht der Person werfen, die auf dem Karren saß. Es war Mama Heddy-Anna persönlich, die eine Ladung Holz transportierte.

Er folgte dem Karren um das Haus herum in den Hof. Dort hielt Mama Heddy-Anna an, sprang ab, band den Esel an einen Pfahl und begann, das Holz abzuladen. Sie warf es mit Schwung an die Hauswand.

Sobald der Karren leer war, spannte sie den Esel aus und schob den Karren in einen eingezäunten Teil des Hofes.

Sterling war verblüfft. Er folgte Mama in die steinerne Kate. Sie bestand aus einem großen Raum, in dessen Mitte eine Feuerstelle errichtet war. Aus einem großen

Topf über dem Feuer verbreitete sich der köstliche Duft eines Fleischeintopfes.

Den Küchenbereich kennzeichnete ein Holztisch mit Bänken. Mamas Schaukelstuhl stand vor einem Fernseher, der in dieser Umgebung merkwürdig wirkte. Zwei weitere abgenutzte Stühle, ein bestickter Läufer und eine zerkratzte Holzkommode rundeten die Einrichtung ab.

Die Wände waren mit Fotos bedeckt, auf denen Heddy-Annas Sprösslinge und ihr inzwischen eingekerkerter Ehemann zu sehen waren. Den Kaminsims zierten gerahmte Bilder von verschiedenen Heiligen, offenbar Mamas Lieblinge.

Während Mama die schwere Jacke und den Schal ablegte, ging Sterling die schmale Treppe in den ersten Stock hinauf. Dort befanden sich zwei kleine Schlafräume und ein winziges Bad. Das eine Zimmer gehörte augenscheinlich Mama. Im anderen standen zwei Betten nebeneinander – dort hatten offenbar Junior und Eddie in ihren entscheidenden Jahren das unschuldige Haupt gebettet. Nicht zu vergleichen mit dem kitschigen Herrenhaus an der Nordküste von Long Island, das sie heute bewohnten.

Auf den Betten stapelte sich modische Frauenkleidung, an der noch die Designer-Schildchen hingen. Allem Anschein nach waren es Geschenke von den schmerzlich vermissten Söhnen, Sachen, die ihre Mutter für unnütz hielt.

Sterling hörte leise ein Telefon klingeln und ging eilig die Treppe hinunter. Er merkte plötzlich, dass der Himmlische Rat ihn mit einer Gabe versehen hatte, um die er versehentlich nicht gebeten hatte. Ich hätte nie gedacht, dass ich es noch erleben würde, Wallonianisch zu verstehen, staunte er, als er hörte, wie Mama einen Freund bat, er solle noch etwas Wein mitbringen. Offensichtlich würden zehn Personen zum Mittagessen kommen, und sie wollte sichergehen, dass die Getränke nicht ausgingen.

Wie schön, dachte Sterling. Es kommt Gesellschaft. Das ist der beste Weg, um herauszufinden, was für ein Mensch Mama Heddy-Anna ist. Dann riss er die Augen auf. Sie sprach in ein Wandtelefon im Küchenbereich. Neben dem Telefon, wo die meisten Menschen Notrufnummern aufheben, hing ein schwarzes Brett mit einer nummerierten Liste.

Wahrscheinlich eine Einkaufsliste, vermutete er, bis er die Worte las, die dort in kühner Schrift standen:

BESCHWERDEN UND SCHMERZEN

Sterling ging rasch die Liste durch:

1. schlimme Füße
2. Schmerzen im Herzbereich
3. Blähungen
4. Schwindelanfälle
5. zweimal übergeben
6. Essen schmeckt nicht mehr
7. brauche Operation
8. gebrochenes Herz
9. mache kein Auge zu
10. schlimmer Rücken
11. geschwollenes Zahnfleisch

Jetzt habe ich alles gesehen, dachte Sterling, nachdem er hinter jedem Gebrechen einen Haken bemerkt hatte sowie das Datum des jeweiligen Anrufs aus Amerika. Sie hat daraus eine Wissenschaft gemacht, dachte er, und verwendet kein Gebrechen zweimal hintereinander.

Mama Heddy-Anna hatte den Hörer aufgelegt. Sie stand neben Sterling und betrachtete die Liste mit einem zufriedenen Lächeln. Dann begann sie, mit den entschlossenen Bewegungen eines Ausbilders bei der Armee Geschirr, Gläser und Bestecke auf den Tisch zu knallen.

Kurz darauf trudelten ihre Freunde ein. Mit einem strahlenden Lächeln auf dem runzligen Gesicht drückte sie jeden Einzelnen zur Begrüßung fest an sich.

Sie hatte am Telefon gesagt, sie wären zu zehnt. Sie sind alle sehr pünktlich, stellte Sterling fest. Der zehnte Gast war derjenige mit dem Wein.

Sterling schätzte sie alle um die siebzig oder achtzig, und sie sahen aus, als hätten sie viele Jahre lang im Freien gearbeitet. Der ledrige Teint und die schwieligen Hände waren ein beredtes Zeugnis für ein Leben voll schwerer körperlicher Arbeit, doch ihre Bereitschaft zu lachen und ihre Freude am Beisammensein unterschieden sich in nichts von den Freundesgruppen, die Sterling in der King Cole Bar in Manhattan oder bei Nor auf Long Island beobachtet hatte.

Mama Heddy-Anna holte ein dampfendes, frisch gebackenes Brot aus dem Ofen und teilte den Eintopf aus. Die Weingläser wurden gefüllt, und alle Anwesenden versammelten sich um den Tisch. Sie tauschten Geschichten über ihre Nachbarn im Dorf oder Ausflüge, die sie gemeinsam unternommen hatten. Häufig ertönte schallendes Gelächter. In der Woche zuvor hatte im Gemeindesaal eine Tanzveranstaltung stattgefunden, und Heddy-Anna hatte auf einem Tisch einen wallonianischen Volkstanz vorgeführt.

»Jetzt will ich im Kloster auf einem Tisch tanzen, wenn es am Neujahrstag groß als Hotel eröffnet wird«, verkündete Heddy-Anna.

»Ich bin auf Skiern rübergefahren und habe einen Blick drauf geworfen«, sagte der Benjamin der Gesellschaft, ein rüstiger Siebzigjähriger. »Kaum zu glauben, wie schön es ist. Zwanzig Jahre lang war es geschlossen, seit der letzte Mönch gegangen ist. Schön zu sehen, wie alles instand gesetzt wurde.«

»Meine Jungs sind immer auf Skiern rübergefahren.« Heddy-Anna nahm sich noch einmal vom Eintopf. »Zu schade, dass das Kloster jenseits der Grenze liegt. Wir könnten das Geld der Touristen hier gut gebrauchen.«

Als das Telefon läutete, begannen alle zu kichern. Heddy-Anna wischte sich den Mund an einer Serviette ab, zwinkerte ihren Freunden zu, legte den Finger auf die Lippen und wartete, bis es fünfmal geklingelt hatte. Dann hob sie ab und meldete sich mit schwacher Stimme. »Ha…llo.«

Sie stand auf, um das schwarze Brett besser im Blick zu haben. »Ich kann dich nicht verstehen. Sprich lauter. Moment, ich muss mich erst hinsetzen. Mein Bein will heute nicht so richtig. Es ist einfach unter mir weggeknickt. Die ganze Nacht habe ich auf dem Boden gelegen, bis ich endlich wieder aufstehen konnte.«

Ihre Miene veränderte sich. »Was soll das heißen, ›falsch verbunden‹? Ist da nicht mein Eddie?«

Sie knallte den Hörer auf die Gabel. »Falscher Alarm«, sagte sie zu ihren Freunden, als sie sich zu ihnen setzte und die Gabel in die Hand nahm.

»Es war eine gute Übung«, meinte die Frau neben ihr bewundernd. »Heddy-Anna, glaub mir, du wirst mit jedem Mal besser.«

Erneut klingelte das Telefon. Diesmal vergewisserte sich Heddy-Anna, mit wem sie sprach, ehe sie ihre Gebrechen vorbrachte. Sie wiederholte fast wortwörtlich die Geschichte, die sie dem ersten Anrufer erzählt hatte. »Und im Übrigen …«, fuhr sie mit tränenerstickter Stimme fort.

Ein Freund, der neben dem Telefon saß, sprang auf und deutete auf Punkt sechs der Liste.

Heddy-Anna nickte. »… schmeckt mir das Essen nicht mehr. Die Pfunde fallen nur so von mir ab.«

Ich glaube, ich habe mir ein Bild davon gemacht, was in Wallonia vor sich geht, dachte Sterling nüchtern. Jetzt würde ich gern zur nächsten Jahreszeit vorspringen und bei Marissa vorbeischauen.

Er verließ die Steinkate, schaute zu den Bergen hoch und in den Himmel.

Kann ich bitte zu Marissa zurückkehren? Und es soll bitte April sein. Dann schloss er die Augen.

Die Weiden sind wohl die ersten Frühlingsboten, dachte Sterling, als er die schlanken, anmutigen Bäume auf dem Rasen vor Marissas Haus in Madison Village betrachtete. Ein silbriger Hauch lag auf ihren Knospen, die bald aufbrechen würden.

Es war noch früh am Abend, und es wurde allmählich dunkel, während die letzten Sonnenstrahlen verschwanden. Er ging ins Haus und stellte fest, dass die Familie zu Abend aß.

Er setzte sich auf einen Stuhl im Speisezimmer, möglichst weit von Roy Junior und Robert entfernt, die ihre Hochstühle heftig mit Löffeln bearbeiteten.

Marissa saß ihnen gegenüber und stocherte schweigend in einem kleinen Stück Huhn herum.

Denise und Roy saßen jeweils an einem Ende des Tisches und hatten ihre Stühle so weit zur Seite geschoben, dass sie leicht einen Zwilling füttern konnten.

»Wie war es heute in der Schule?«, fragte Roy Marissa. Es gelang ihm, einen Löffel Kartoffelbrei in Roberts Mund zu schieben.

»Ganz gut so weit«, antwortete Marissa lustlos.

»Marissa, du schiebst dein Essen nur auf dem Teller

herum. Du musst etwas essen«, bat Denise und biss sich plötzlich auf die Lippen, weil Roy ihr einen warnenden Blick zugeworfen hatte.

Marissa legte die Gabel hin. »Ich hab einfach keinen Hunger. Entschuldigt ihr mich bitte?«

Denise nickte nach anfänglichem Zögern. »Daddy und NorNor rufen wohl in etwa einer Stunde an.«

»Ich weiß.«

»Ich sag dir Bescheid, dann kannst du in unser Schlafzimmer gehen und dort mit ihnen reden.«

Sterling war versucht, ihr zu folgen, wollte dann aber lieber hören, was Denise Billy mitzuteilen hatte, wenn er anrief.

Denise wartete, bis Marissa oben auf der Treppe verschwunden war, ehe sie anfing zu sprechen. »Roy, ich hab es nicht über mich gebracht, mit ihr über die Schule zu reden. Sie kann sich offenbar nicht auf den Unterricht konzentrieren. Die Lehrerin meint, Marissa gebe sich die Schuld dafür, dass Billy und Nor weggegangen sind, und glaube, sie habe etwas falsch gemacht.«

»Das geht vielen Kindern so, deren Eltern etwas zustößt, sei es Tod, Scheidung oder Trennung«, sagte Roy. »Wir müssen einfach nur verständnisvoll sein.«

Roy ist eine gute Seele, dachte Sterling. Er gibt sich die größte Mühe.

»Runter, runter, runter.« Roy Junior war es leid, am Tisch zu sitzen.

»Runter, runter«, echote Robert und kippelte mit seinem Stuhl.

Roy aß noch etwas Salat und stand dann auf. »Kaffee gibt's später. Ich geh mit den beiden rauf und setz sie schon mal in die Wanne.«

Denise begann den Tisch abzuräumen. Kurz darauf klingelte das Telefon. »Oh, Billy, du bist aber früh dran«, sagte sie. »Nein, natürlich ist Marissa nicht unterwegs. Wenn sie weiß, dass du anrufst, rührt sie sich nicht vom Fleck aus Angst, sie könnte dich verpassen. Gibt's etwas Neues?«

Sie hörte zu und sagte dann: »Und wenn du mit ihr sprichst, dann sag ihr doch, wie stolz du bist, dass sie so eine gute Schülerin ist. Wir wissen beide, dass sie alles tun würde, nur um dir zu gefallen. Schön, ich geb sie dir. Schöne Grüße an Nor.«

Sie legte den Hörer auf den Tisch und trat an die Treppe. »Marissa!«, rief sie.

Marissa war bereits oben an der Treppe. »Ist Daddy am Apparat?«

»Ja.«

Sterling eilte die Treppe hinauf und folgte Marissa, die im Eilschritt ins Elternschlafzimmer lief. Sie machte die Tür fest hinter sich zu.

Sterling hörte sich eine Zeit lang an, wie Marissa ihren Vater anflehte, wieder zurückzukehren. Sie versprach, *nie* wieder zu quengeln, dass er ins Kino gehen wollte, oder mit ihm ewig am Telefon zu plaudern, wenn sie wusste, dass er zu tun hatte, oder …

Sterling trat zu ihr und bückte sich, um zu hören, was Billy sagte. »Schätzchen, das Ganze hier hat nichts mit *dir* zu tun. Das darfst du nicht einmal *denken*! Ich habe so gern mit dir telefoniert …«

»Warum gibst du mir dann jetzt nicht deine Telefonnummer?«, fragte Marissa unter Tränen.

»Rissa, ich kann es einfach nicht. Ich muss mir ein Telefon leihen, wenn ich mit dir reden will. NorNor und ich wollen nichts lieber, als so schnell wie möglich wieder mit dir zusammen zu sein. Wenn ich wieder da bin, dann mach ich das alles wieder gut, das verspreche ich dir …«

Nachdem sie sich tränenreich von ihm verabschiedet hatte, ging Marissa wieder in ihr Zimmer, setzte sich an den Schreibtisch und schaltete den CD-Player ein.

Die Klänge von Billys Hit-Single füllten den Raum. »I know what I want … I knew what I need …«

Sie legte den Kopf auf die Arme und begann zu schluchzen. Ich besorge dir, was du willst und brauchst, Marissa, schwor Sterling sich im Stillen. Und wenn ich dafür Himmel und Hölle in Bewegung setzen muss. Nein, mit *Hilfe* des Himmels, korrigierte er sich.

Er schloss die Augen und wandte sich an den Himmlischen Rat: Würden Sie mich bitte dorthin versetzen, wo die Badgett-Brüder gerade sind?

Als Sterling die Augen aufschlug, befand er sich in einem großen, gut besuchten und lauten Restaurant auf dem Wasser.

Wenn die Brüder nicht unterwegs sind, dann nehme ich an, es ist der Sund von Long Island, dachte er. Er schaute zu einer Frau hinüber, die gerade die Speisekarte studierte. Auf der Vorderseite stand SAL'S AM SUND.

Es war ein Steak-und-Fisch-Lokal. Gäste mit Lätzchen brachen munter Hummerscheren auf; Lendensteaks auf zischenden Tellern waren offenbar ebenfalls beliebt. Außerdem fiel ihm auf, dass viele seine Lieblingsvorspeise gewählt hatten, Krabbencocktail.

Aber wo waren Junior und Eddie? Er ging zum zweiten Mal um die Tische herum, da bemerkte er eine abgeschlossene, halbrunde Ecknische mit direktem Blick auf das Wasser. Bei näherem Hinsehen stellte er fest, dass die drei, die darin saßen, niemand anderes waren als Junior, Eddie und eine freizügig gekleidete Jewel.

Junior und Eddie hatten gerade eine ihrer telefonischen Besuche bei Mama Heddy-Anna hinter sich, und die Sorge hatte sie wie üblich aus dem Takt gebracht. Jewel hatte vorgeschlagen, zu einem netten, entspannten

Essen auszugehen, weil es ihnen allen danach viel, viel besser gehen würde.

Sie nippten bereits an ihren Cocktails, und der Kellner nahmen gerade ihre Bestellung auf.

Sterling nahm auf dem Fensterbrett im rechten Winkel zu ihnen Platz. Was sie wohl bestellt haben, fragte er sich.

»Ich glaub, ich kriege keinen Bissen runter«, lamentierte Eddie. »Wenn ich dran denke, wie krank Mama ist, muss ich innerlich weinen.«

»Du hast auch äußerlich geweint, Eddie«, sagte Jewel. »Deine Nase ist ganz rot.« Sie tätschelte Juniors Hand. »Deine auch, Lämmchen.«

Junior schob ihre Hand fort. »Ich bin erkältet.«

Jewel begriff, dass sie einen Fehler gemacht hatte. »Und deine Allergien, Liebster. Diese Jahreszeit ist für Allergiker besonders hart. So schlimm wie in diesem Jahr war es aber schon lange nicht mehr.«

»Ja, ja.« Junior nahm sein Glas.

»Sie ist schon wieder hingefallen«, klagte Eddie. »Das Bein ist unserer armen Mama weggeknickt, obendrein ist ihr Zahnfleisch auch noch geschwollen. Sie kann kaum kauen.«

Ich glaube, das hat sie beim letzten Mal nicht erwähnt, dachte Sterling.

»Und ihre Freunde müssen sie zum Essen zwingen. Nichts schmeckt ihr mehr.«

»Sie hat das schon behauptet, als ich euch beide vor drei Jahren kennen gelernt habe«, sagte Jewel ernst. »Sie muss also seitdem was gegessen haben.«

Fleischeintopf, dachte Sterling. Viel Fleischeintopf.

»Sie ist seit Januar nicht mehr hingefallen«, fuhr Eddie fort. »Ich habe gehofft, ihre Beine würden besser werden.« Er wandte sich an Junior. »Wir müssen Mama besuchen, wir müssen zu ihr.«

»Das geht nicht, und das weißt du genau«, fuhr Junior ihn an. »Wir haben ihr doch gerade ein paar schöne Kleider geschickt, um sie aufzuheitern.«

»Die werden ihr gefallen«, schwärmte Jewel. »Ich hab sie extra ausgesucht. Zwei Hausanzüge aus Satin, ein Cocktailkleid und ein Hut mit viel Blumen, den sie Ostersonntag in der Kirche aufsetzen kann.«

Eddies Miene verfinsterte sich. »Mama hat gesagt, die Kleider, die wir ihr schicken, stinken.«

»Das verletzt meine Gefühle«, sagte Jewel schmollend. »Wenn ich sie kennen lernen würde, könnte ich auch besser für sie einkaufen. Jede Frau hat Probleme mit der Figur. Ich meine, es könnten ihre Hüften sein, die Taille, vielleicht hat ihr Hintern eine lustige Form ...«

»Halt den Mund, Jewel«, donnerte Junior. »Ich brauche keine Lektionen in Anatomie.«

Jewel war offensichtlich gekränkt und stand auf. »Entschuldigt mich bitte«, sagte sie übertrieben schnippisch.

»Wo gehst du hin?«, fragte Eddie.

»Aufs Klo.« Sie rauschte davon.

»Ist sie sauer, weil ich gesagt habe, dass Mama die Kleider nicht gefallen, die sie ausgesucht hat?«

»Vergiss die Kleider«, bellte Junior. »Hör zu, ich hab vorhin einen Anruf bekommen, als *du* auf dem Klo warst.«

»Wann war ich auf dem Klo?«

»Du bist dauernd auf dem Klo.«

»Stimmt nicht.«

»Doch. Jedes Mal, wenn ich dich suche, bist du auf dem Klo. Jetzt hör zu. Unsere Leute können Nor Kelly und Billy Campbell nicht auftreiben.«

»Alles Idioten«, meinte Eddie.

»Das sagt gerade der Richtige. Halt den Mund und hör mir zu. Die ganze Anklage gegen uns fällt in sich zusammen, wenn Kelly und Campbell nicht in den Zeugenstand treten. Wir müssen sie loswerden.«

»Das Land ist groß. Wie sollen wir sie loswerden, wenn wir sie nicht finden?«

»Wir müssen sie finden. Ich habe den nächsten Schritt eingeleitet und einen gewissen Killer angerufen.«

Eddie schaute Junior an. »Doch nicht etwa Igor?«

»Doch, Igor«, sagte Junior. »Er macht seine Sache gut. Ich hab ihm gesagt, dass wir nur wissen, dass sie irgendwo im Westen sind.«

»Da bin ich wieder«, zwitscherte Jewel, als sie auf die Sitzbank schlüpfte und Junior auf die Wange küsste. »Ich hab euch verziehen, dass ihr nicht zu schätzen wisst, was ich alles tu', um Mama Heddy-Anna glücklich und zufrieden zu machen. Aber ich muss euch was sagen. Ich finde, ihr solltet eure Mama persönlich besuchen, und ihr solltet es tun, bevor es zu spät ist.«

Junior funkelte sie an. »Das kannst du knicken.«

Der Kellner erschien mit einem Tablett Vorspeisen.

Ich habe erfahren, was ich wissen muss, dachte Sterling. Die Badgett-Brüder sind entschlossen, Nor und Billy ausfindig zu machen, um sie umbringen zu lassen, damit sie nicht gegen sie aussagen können.

Sterling beschloss, einen langen Spaziergang zu unternehmen, ehe er sich an einen anderen Ort versetzen ließ. Eine Stunde später hatte er seine Entscheidung gefällt. Er schloss die Augen und flüsterte: Ich möchte, dass es mitten im Sommer ist, und würde gern Nor und Billy treffen.

Sie wohnen doch bestimmt nicht *hier*, dachte Sterling bestürzt. Er stand im ersten Stock auf dem Balkon eines heruntergekommenen Motels, direkt an einem viel befahrenen Highway. Die Landschaft war wunderschön, trotz der sengenden Hitze. Ähnlich wie in Mama Heddy-Annas Dorf konnte diese Gegend stolz auf herrliche Bergansichten sein.

Vier der sechs Fahrzeuge, die vor dem Motel parkten, hatten Nummernschilder aus Colorado.

Er bemerkte einen bulligen Mann mit dunkler Brille am Steuer eines Geländewagens. Anscheinend schaute er unentwegt in den Rückspiegel und beobachtete die Tür direkt hinter Sterling.

Sterling drehte sich um und lugte ins Fenster. Billy stand in dem schäbigen Zimmer, die Hände in den Taschen. Er schaute auf Nor, die auf der Bettkante saß und telefonierte.

Sie hatten sich verändert. Nors blondes Haar war jetzt mittelbraun, und sie hatte es im Nacken zu einem strengen Knoten aufgesteckt. Billy hatte sich einen Bart wachsen lassen, und sein dunkles Haar war viel kürzer geschnitten.

Vielleicht telefonieren sie von hier aus nach Hause, überlegte Sterling. Wenn sie im Zeugenschutzprogramm sind, können sie nur von gesicherten Anschlüssen aus telefonieren. Sie sehen beide krank vor Sorge aus.

Er ging hinein, nahm den Homburg vom Kopf und hielt das Ohr an den Hörer. Ich werde immer besser im Belauschen, dachte er. Er hörte am anderen Ende der Leitung eine vertraute Stimme. Nor telefonierte mit Dennis.

»Nor, ich muss dir nicht sagen, dass das Lokal mit dir steht und fällt«, sagte Dennis gerade. »Klar, ich kann Drinks mischen, und wir haben gute Kellner, und Al ist der beste Koch, den wir je hatten, aber das alles reicht nicht. Wenn die Gäste kommen, wollen sie dich an deinem Tisch sitzen sehen.«

»Ich weiß. Wie hoch ist der Verlust in diesem Monat?«

»Sehr hoch. Wir sind nicht einmal an Samstagen zu einem Viertel ausgelastet.«

»Was natürlich heißt, dass die Kellner weniger Trinkgeld einnehmen«, sagte Nor. »Hör zu, Dennis, es kann nicht mehr allzu lange dauern. Sobald die Gerichtsverhandlung vorbei ist und die Badgetts im Gefängnis sitzen, können wir wieder nach Hause. Rechne aus, wie viel Trinkgeld die Kellner verlieren und schlag es zur Hälfte auf ihr Gehalt auf.«

»Nor, vielleicht hast du mich nicht richtig verstanden. So wie es aussieht, machst du enorme Verluste.«

»Vielleicht hast aber auch du mich nicht richtig verstanden«, versetzte Nor aufbrausend. »Ich weiß, dass das Restaurant mich braucht. Aber du und Al, die Kellner, die Küchenhilfen und die Putzkolonne gehören dazu, damit der Laden läuft. Jahrelang hab ich gebraucht, eine so gute Mannschaft zusammenzustellen, und ich will sie jetzt nicht verlieren.«

»Schon gut, Nor, ich versuche nur, dir dabei zu helfen, das Lokal über Wasser zu halten.«

»Tut mir Leid, Dennis«, sagte Nor zerknirscht. »Die ganze Sache ist so zermürbend.«

»Wie geht's Billy?«

»Was glaubst du wohl? Er hat gerade Marissa und die Schallplattenfirma angerufen. Marissa weigert sich kategorisch, mit ihm zu reden – auch mit mir übrigens –, und die Schallplattenfirma hat ihm gesagt, dass sie den Vertrag kündigen müssen, wenn die Geschichte nicht bald vorbei ist.«

Schweigen am anderen Ende der Leitung. Dann sagte Nor: »Dennis, du kennst doch das impressionistische Gemälde neben dem Kamin in meinem Wohnzimmer?«

»Das ›Qualen nach Zahlen‹-Teil?«

Es war ein alter Scherz zwischen den beiden.

»Ja. Du hast doch die Vollmacht. Geh an mein Bankschließfach und hol die dazugehörigen Zertifikate heraus. Damit und mit dem Gemälde gehst du zur Galerie Reuben. Ich weiß, sie werden dir ein Angebot machen. Das Gemälde dürfte mindestens sechzigtausend Dollar wert sein. Das hilft uns erst einmal weiter.«

»Nor, du liebst das Bild.«

»Nicht so sehr wie mein Restaurant. Okay, Dennis, ich glaube, noch mehr gute Nachrichten kann ich nicht verkraften. Ich rufe in etwa zwei Wochen wieder an.«

»Klar, Nor. Mach's gut.«

Ihr nächster Anruf galt Sean O'Brien, um sich zu erkundigen, ob es etwas Neues betreffs eines Gerichtstermins gab. Negativ.

Schweigend verließen sie das Motelzimmer, gingen die Treppe zum Parkplatz hinunter und stiegen in den Geländewagen, in dem der Mann mit der dunklen Brille saß. Das muss der Kripobeamte sein, der für ihren Schutz zuständig ist, entschied Sterling.

Er fuhr neben Nor auf dem Rücksitz mit. Während der zwanzigminütigen Fahrt wurde kein Wort gewechselt. Er sah im Vorbeifahren auf einem Hinweisschild, dass Denver dreißig Meilen entfernt war. Ich weiß genau, wo wir sind, dachte er. Die Akademie der Luftwaffe ist hier in der Nähe.

Billy und Nor wohnten in einem mittelmäßigen, zweistöckigen Haus, dessen einziger Vorteil die Lage war, soweit Sterling es beurteilen konnte. Es stand auf einem großen Grundstück unter hohen, Schatten spendenden Bäumen, die es nach außen hin abschirmten.

Als der Wagen anhielt, wandte sich Billy an den Marschall. »Frank, kommen Sie bitte mit rein. Ich muss mit Ihnen reden.«

»Klar.«

Die Einrichtung im Wohnzimmer sah aus, als stamme sie aus der Konkursmasse eines Motels: Sofa und Stühle aus Kunstleder, ein nicht dazu passender Tisch und Beistelltische, grell orangefarbener Teppichboden. Eine ächzende Klimaanlage mühte sich, kühle Luft in den Raum zu pusten.

Sterling konnte genau sehen, wo Nor versucht hatte, den Raum zu verschönern. Geschmackvoll gerahmte Drucke lenkten den Blick von den hässlichen Möbeln ab. Ein Vase voller Rudbeckien und verschiedene große Grünpflanzen machten den Raum freundlicher.

Das Wohnzimmer öffnete sich zu einer Art Speisebereich. Billy hatte ihn in ein Musikzimmer verwandelt und mit einem zerkratzten Klavier möbliert, auf dem sich Notenblätter, ein CD-Player und Regale mit CDs stapelten. Seine Gitarre stand auf einem Klubsessel neben dem Klavier.

»Was kann ich für Sie tun, Billy?«, fragte der Marschall.

»Sie können uns beim Packen helfen. Ich bleibe hier keine Nacht mehr. Mir reicht's.«

»Billy, Frank kann doch nichts dafür«, sagte Nor in der Hoffnung, ihn zu besänftigen.

»Soweit wir wissen, wird der Prozess nie stattfinden. Soll ich denn den Rest meines Lebens in diesem Haus vergammeln? Frank, ich will Ihnen etwas erklären. Letzte Woche bin ich dreißig geworden. Im Musikgeschäft ist das alt, verstehen Sie? Es ist *alt*. Wer es heutzutage zu etwas bringen will, fängt mit siebzehn Jahren an, wenn nicht sogar noch früher.«

»Billy, beruhige dich«, bat Nor.

»Ich kann mich nicht beruhigen, Mom. Marissa wächst ohne uns auf. Sie *hasst* mich. Jedes Mal, wenn ich mit Denise spreche, sagt sie mir, wie sehr sie sich um Rissa sorgt, und zu Recht. Ich riskier's. Wenn mir etwas zustößt, dann wenigstens, während ich mein eigenes Leben lebe.«

»Hören Sie zu, Billy«, unterbrach ihn der Marschall. »Ich weiß, wie frustrierend das für Sie und Ihre Mutter ist. Sie sind nicht der Erste, der in diesem Schutzprogramm durchdreht. Aber Sie sind wirklich in großer Gefahr. Wir hatten Wege und Möglichkeiten, Folgendes herauszubekommen, aber wir wollten Ihnen erst einmal nichts sagen: Seit Januar ist man hinter Ihnen und Ihrer

Mutter her. Und nachdem die persönlichen Schläger der Badgetts sie nicht aufspüren konnten, haben die Brüder einen Killer auf Sie angesetzt.«

Nor wurde bleich. »Wann haben sie ihn angeheuert?«

»Vor drei Monaten. Wir kennen ihn, und unsere Männer observieren ihn. Wollen Sie jetzt noch immer, dass ich Ihnen beim Packen helfe?«

»Wohl eher nicht.« Billy setzte sich resigniert ans Klavier. »Ich werde einfach weiter Musik schreiben, die dann jemand anders singen kann.«

Der Marschall nickte Nor zu und ging hinaus. Kurz darauf trat Nor zu Billy und legte ihm die Hände auf die Schultern. »Das kann nicht ewig so weitergehen, und das weißt du.«

»Es ist die Hölle auf Erden.«

»Stimmt.«

Er hat Recht, dachte Sterling. Aber was soll ich machen? Je mehr Sterling über das Problem erfuhr, umso weniger fühlte er sich imstande, es zu lösen.

Er warf einen mitfühlenden Blick auf Nor und Billy und ging hinaus. Ich bin an die Höhe im Himmel gewöhnt, aber nicht an die hier in Colorado, dachte er, denn ihm war ein wenig schwindelig geworden.

Kaum zu glauben, dass Nor und Billy im Dezember noch immer hier sein werden. Ich kann den seelischen Zustand, in dem sie sich dann befinden, nur erahnen. Wohin kann ich noch gehen? Was soll ich tun? Alles hängt von dem Prozess ab. Vielleicht sollte ich bei dem Rechtsbeistand der Badgetts vorbeischauen. Schließlich hat er Billy und Nor aus Juniors Büro kommen sehen.

Ich bin froh, wenn ich aus dieser Hitze rauskomme,

sagte sich Sterling, als er die Augen schloss. Den Sommer mochte ich von allen Jahreszeiten am wenigsten.

Erneut wandte er sich an den Himmlischen Rat: Ich würde gern zu Charlie Santoli versetzt werden, und könnte es bitte Anfang Dezember sein? Amen, fügte er hinzu.

Spätestens vor einer Woche hätten wir die Lichter anbringen sollen«, bemerkte Marge, als sie eine zweite Lichterkette ausrollte und Charlie reichte, der draußen vor dem Wohnzimmerfenster auf einer Leiter stand.

»Ich hatte zu viel zu tun, Marge. Ich hab's einfach nicht geschafft.« Charlie gelang es, die Kette über die Spitze des Tannenbaums zu werfen, der seit dem letzten Jahr beträchtlich gewachsen war. »Du weißt, dass es Leute gibt, die das hier für Geld erledigen. Die haben höhere Leitern, sind jünger, kräftiger, und sie können es viel besser.«

»Oh, aber dann würde uns der Spaß an der Sache fehlen, Charlie. Wir machen das jetzt schon seit vierzig Jahren. Eines Tages kannst du es wirklich nicht mehr, und dann bedauerst du es. Gib's doch zu, du liebst dieses Ritual.«

Charlie lächelte verhalten. »Wenn du's sagst.«

Sterling saß auf der Treppe und beobachtete die beiden. Es macht ihm wirklich Spaß. Er ist ein Familienmensch, dachte er.

Nach einer Stunde gingen Marge und Charlie wieder

ins Haus, durchgefroren, aber mit sich und der Welt zufrieden. Sie legten Mantel und Handschuhe ab. Dann zog es sie in die Küche zu einer Tasse Tee. Als die Teekanne und frisch gebackene Weihnachtsplätzchen vor ihnen standen, ließ Marge die Bombe platzen.

»Ich möchte, dass du bei den Badgett-Brüdern aufhörst, Charlie, und zwar morgen früh.«

»Marge, bist du noch recht bei Trost? Das geht nicht.«

»Doch. Wir sind weiß Gott nicht reich, aber wir haben genug, um davon leben zu können. Wenn du weiterarbeiten willst, häng dein Schild wieder raus und mach Haushaltsauflösungen und Testamente. Aber ich werde nicht mit ansehen, wie du systematisch auf einen Herzinfarkt hinsteuerst, wenn du noch einen Tag länger für die Badgetts arbeitest.«

»Marge, du verstehst das nicht – ich kann nicht kündigen«, sagte Charlie verzweifelt.

»Warum nicht? Wenn du tot umfällst, nehmen sie sich einen neuen Anwalt, oder?«

»Marge, das ist es nicht. Es ist … bitte, reden wir nicht mehr darüber.«

Marge stand auf und stützte sich mit beiden Händen fest auf den Tisch. »Was ist es dann?«, fragte sie, und ihre Stimme wurde mit jedem Wort lauter. »Charlie, ich will die Wahrheit wissen. Was geht hier vor?«

Sterling hörte zu, während Charlie, zunächst zögernd, dann immer schneller, seiner Frau beichtete, in was für Sachen er im Laufe der Jahre hineingezogen worden war. Er hatte Menschen bedrohen müssen, die den Badgetts im Weg gestanden hatten. Marge reagierte zunächst mit Entsetzen, das sich jedoch in tiefe Sorge verwandelte, als sie erkannte, wie sehr sich ihr Mann schon seit vielen Jahren gequält hatte.

»Der Prozess, den ich habe vertagen lassen, hat mit dem Feuer in dem Lager in der Nähe von Syosset im letzten Jahr zu tun. Die Sänger, die für Mama Heddy-Annas Geburtstagsfeier engagiert waren, hatten zufällig mitbekommen, wie Junior den Befehl gab, das Lager in Brand zu setzen. Es wurde das Gerücht verbreitet, die Sänger würden in Europa auftreten, aber in Wahrheit sind sie im Zeugenschutzprogramm.«

Das ist also die Geschichte, die über Nor und Billy in Umlauf gebracht wurde, dachte Sterling.

»Warum soll der Prozess verschoben werden?«

»Wir haben Experten bestochen, die unter Eid aussagen werden, über Putz verlegte Leitungen hätten das Feuer verursacht. Hans Kramer, der Mann, dem das Lager gehörte, ist verschwunden, aber die Brüder haben im letzten Monat herausbekommen, dass er und seine Frau in der Schweiz leben. Sie haben dort Familie, und nach allem, was geschehen ist, will Kramer sich nicht mit den Badgetts anlegen.«

»Du hast meine Frage nicht beantwortet, Charlie.«

»Marge, nicht ich will die Verschiebungen. Die Badgetts drängen darauf.«

»Warum?« Sie schaute ihm direkt in die Augen.

»Weil der Prozess nicht anfangen soll, bis Nor Kelly und Billy Campbell ein für alle Mal zum Schweigen gebracht worden sind.«

»Und da machst du mit?«, fragte sie ungläubig.

»Mag sein, dass sie die beiden nicht finden.«

»Vielleicht aber doch. Charlie, das darfst du nicht zulassen!«

»Das weiß ich«, platzte es aus ihm heraus. »Aber ich weiß nicht, was ich machen soll. Dir muss doch klar sein, dass die Badgetts es sofort erfahren, wenn ich zur Polizei gehe. Sie haben Mittel und Wege, so etwas herauszukriegen.«

Marge begann zu weinen. »Wie konnte das passieren? Charlie, egal, welche Folgen das für uns hat, du musst das Richtige tun. Warte noch ein paar Tage bis nach Weihnachten. Lass uns noch ein Weihnachtsfest feiern, an dem wir wissen, dass wir alle zusammen sein werden.« Sie wischte sich mit dem Handrücken über die Augen. »Ich bete um ein Wunder.«

Charlie stand auf und nahm seine Frau in den Arm. »Wenn du betest, dann formulier es präziser«, sagte er mit einem müden Lächeln. »Bete um eine Möglichkeit, dass Junior und Eddie Mama Heddy-Anna in ihrer alten Heimat besuchen. Ich kann dafür sorgen, dass die Polizei sie festnimmt, sobald sie ihren Fuß auf wallonianischen Boden setzen. Dann sind wir alle über jeden Verdacht erhaben.«

Marge schaute ihn an. »Was meinst du damit?«

»Sie sind in Abwesenheit zu einer lebenslangen Haftstrafe für Verbrechen verurteilt worden, die sie dort drüben begangen haben. Deshalb können sie nie wieder zurückkehren.«

Lebenslang!, dachte Sterling. Endlich wusste er, was er zu tun hatte. Die einzige Frage war nur, wie.

Sterling ging hinaus. Marge hatte die Weihnachtsbeleuchtung eingeschaltet, kurz nachdem Charlie sie aufgehängt hatte. Das Wetter schlug um, und die Nachmittagssonne war hinter dicken Wolken verschwunden. Die bunten Lichter an der Tanne funkelten fröhlich und halfen, die zunehmende Düsternis des Wintertages zu vertreiben.

Plötzlich fiel Sterling etwas ein, das er zufällig bei Mama Heddy-Anna am Mittagstisch mitbekommen hatte. Es ist möglich, dachte er, es geht. Sein Plan, wie man die Brüder zurück in die Heimat bekäme, nahm Gestalt an.

Ein kühnes Unterfangen, aber es könnte gelingen!

»Sterling, es sieht so aus, als hätten Sie Ihre Hausaufgaben gemacht«, sagte die Nonne anerkennend.

»Sie sind ein richtiger Weltenbummler«, dröhnte der Admiral.

»Wir waren überrascht, dass Sie noch mal nach Wallonia zurückwollen«, sagte der Mönch, »doch dann dämmerte uns, was Sie dort wollten. Das war mein altes Kloster, müssen Sie wissen. Ich habe vor vierzehnhundert Jahren dort gelebt. Kaum zu glauben, dass sie ein Hotel daraus gemacht haben. Ich kann mir nicht vorstellen, dass es dort so was wie einen Zimmerservice gibt.«

»Das kann ich verstehen, Sir«, stimmte Sterling ihm zu. »Doch für unsere Zwecke ist es vielleicht gerade von Vorteil. Ich glaube, ich habe endlich eine Möglichkeit entdeckt, Marissa und Nor und Billy zu helfen, und vielleicht sogar Charlie. Er braucht meine Hilfe ebenso sehr wie Marissa, aber auf andere Weise.«

Er straffte die Schultern und schaute die Heiligen nacheinander eindringlich an. »Ich bitte um Erlaubnis, Charlie erscheinen zu dürfen, damit er mir bei der Lösung der Probleme helfen kann.«

»Sie wollen ihm so erscheinen wie Marissa, die gleich begriffen hat, dass Sie nicht aus ihrer Welt stammen?«, fragte der Schäfer.

»Ja. Das halte ich für notwendig.«

»Vielleicht ist es besser, wenn Sie auch für Marge sichtbar werden«, schlug die Königin vor. »Mein Instinkt sagt mir, dass sie in der Familie die Hosen anhat.«

»Ich hatte Angst, sie genau darum zu bitten, weil ich mich nicht so weit aus dem Fenster lehnen wollte«, gab Sterling lächelnd zu. »Es wäre wunderbar, wenn ich mit beiden in Verbindung treten könnte.«

»Aus dem Fenster lehnen?« Der Matador hob verwundert die Augenbrauen. »Diesen Ausdruck hat es doch zu Ihren Lebzeiten noch gar nicht gegeben.«

»Ich weiß. Aber ich habe ihn irgendwo aufgeschnappt. Vielleicht in Nors Restaurant. Er gefällt mir.« Er stand auf. »Nach dem irdischen Kalender ist morgen der Tag, an dem ich Marissa zum ersten Mal begegnet bin. Dann schließt sich der Kreis.«

»Vergessen Sie nicht, es war auch der Tag, an dem Sie zum ersten Mal vor uns getreten sind«, neckte ihn der Indianer.

»Das werde ich bestimmt nie vergessen, da können Sie sicher sein.«

»Gehen Sie jetzt. Unseren Segen haben Sie«, sagte der Mönch. »Aber denken Sie daran – Weihnachten, das Sie gern im Himmel verbringen möchten, rückt immer näher.«

Marissa öffnete ihre Zimmertür und war begeistert, als sie Sterling auf dem großen Stuhl am Schreibtisch sitzen sah. »Ich dachte, du wärst weggegangen und würdest wiederkommen, um mir gute Nacht zu sagen«, sagte sie.

»Ich bin weg gewesen«, erklärte er. »Ich habe mir das ganze letzte Jahr deines Lebens angeschaut, während du unten beim Abendessen warst. Jetzt weiß ich, warum Daddy und NorNor von hier wegmussten.«

»Aber ich war doch nur eine Stunde unten!«

»Für mich gehen die Uhren anders«, sagte Sterling.

»Ich hab andauernd an dich gedacht. Ich hab extra schnell gegessen, aber dann hat Roy mich mit seiner langweiligen Geschichte über Weihnachten aufgehalten, als er noch ein kleiner Junge war und einen der Schäfer im Theaterstück der Schule gespielt hat. Ich hab mich so schnell wie möglich davongemacht. Ich bin so froh, dass du hier bist.«

»Ich hab viel erfahren, während du zu Abend gegessen hast. Ich werde jetzt gehen, weil ich alle Hände voll zu tun haben werde, damit dein Daddy und NorNor zu deinem Geburtstag zurück sein werden.«

»Am Heiligabend«, erinnerte sie ihn rasch. »Dann werde ich acht.«

»Ja, ich weiß.«

»Das ist schon in vier Tagen.«

In Marissas skeptischem Blick sah Sterling Hoffnung aufblitzen. »Du kannst mir helfen«, sagte er zu ihr.

»Wie?«

»Bete.«

»Versprochen.«

»Und sei nett zu Roy.«

»Das ist nicht leicht.« Marissa warf sich in Positur und sagte mit tiefer Stimme: »Ich weiß noch damals, als … bla, bla, bla.«

»Marissa«, mahnte Sterling augenzwinkernd.

»Ich weißßßß …«, sagte sie. »Roy ist schon ganz in Ordnung.«

Sterling freute sich, als er für einen Moment Unbeschwertheit in Marissas Augen sah. Das erinnerte ihn an das erste Mal, als er sie mit Billy und Nor gesehen hatte. Ich kann sie nicht enttäuschen. Es war Gebet und Schwur zugleich.

»Ich muss jetzt gehen, Marissa.«

»Heiligabend – du hast's versprochen!«, sagte sie.

Charlie und Marge legten die Geschenke immer ein paar Tage vor Weihnachten unter den Baum. Ihre drei Kinder wohnten in der Nähe auf Long Island, ein Segen, für den Marge täglich dankbar war.

»Die Kinder der meisten Leute sind in alle Winde zerstreut«, stellte sie unter der Trockenhaube fest. »Wir haben so großes Glück.«

Ihre sechs Enkel waren ein Quell der Freude, vom Siebzehnjährigen, der aufs College kam, bis hin zum Sechsjährigen, der in der ersten Klasse war. »Es sind gute Kinder. Keine Niete dabei«, pflegte Marge zu prahlen.

Doch heute Abend, nachdem sie und Charlie die Geschenke aufgebaut hatten, wollte sich die übliche Zufriedenheit und Vorfreude nicht einstellen. Furcht vor den unausweichlichen Folgen, die Charlies Gang zum FBI haben würde, legte sich über sie. Um halb neun saßen sie still nebeneinander im Wohnzimmer, und Charlie zappte ziellos durch die Fernsehprogramme.

Marge schaute unentwegt auf den Weihnachtsbaum, ein Anblick, den sie für gewöhnlich als tröstlich und erfreulich empfand. Heute Abend war es anders. Nicht einmal der Weihnachtsschmuck, den ihre Enkelkinder im Laufe der Jahre gebastelt hatten, konnte ihr ein Lächeln entlocken.

Dann fiel plötzlich der Weihnachtsengel aus Pappmaché herunter, der einen kürzeren Flügel hatte und statt eines Heiligenscheins einen Hut trug. Sie stand auf, um ihn wieder an den Baum zu hängen, doch noch ehe sie ihn aufheben konnte, begann er zu leuchten.

Sie riss die Augen weit auf, und die Kinnlade klappte ihr herunter. Ausnahmsweise kam diesmal kein Wort über ihre Lippen. In wenigen Sekunden hatte sich der Engel in einen freundlichen Mann verwandelt, der einen dunkelblauen Chesterfield-Mantel trug und auf dem Kopf einen Homburg hatte, den er auch prompt absetzte.

»AAAAAAAAHHHHHHHH!«, kreischte Marge.

Charlie war auf dem Sofa eingenickt. Er sprang auf, erblickte Sterling und schrie: »Junior schickt Sie, ich weiß es.«

»Jesus, Maria und Joseph«, rief Marge inständig. »Die Badgetts haben ihn nicht geschickt, Charlie. Er ist ein Geist.«

»Bitte, fürchten Sie sich nicht. Ich bin hier, um Ihnen bei der Lösung Ihrer Probleme mit den Badgetts zu helfen«, sagte Sterling ruhig. »Setzen Sie sich bitte.«

Marge und Charlie wechselten einen kurzen Blick und gehorchten dann. Marge bekreuzigte sich.

Sterling lächelte. Einen Moment lang sagte er nichts; er wollte, dass die beiden sich an ihn gewöhnten, damit sie keine Angst mehr vor ihm hatten.

»Darf ich mich setzen?«, fragte er.

Marges Augen waren noch immer groß wie Untertassen. »Bitte, und nehmen Sie ruhig von den Weihnachtsplätzchen«, sagte sie und zeigte auf den Teller.

»Nein, danke.« Er lächelte. »Ich esse nicht mehr.«

»Ich wünschte, mir ginge es auch so«, sagte Charlie und starrte Sterling an, die Fernbedienung noch in der Hand.

»Schalt den Fernseher ab, Charlie«, befahl ihm Marge.

Klick. Sterling schmunzelte im Stillen, denn ihm war die Bemerkung der Königin eingefallen, dass Marge in diesem Haus die Hosen anhatte. Er beobachtete, wie sich die beiden allmählich entspannten. Sie haben begriffen, dass ich nicht hier bin, um ihnen etwas zuleide zu tun, dachte er. Es ist Zeit, dass ich ihnen eine Erklärung liefere.

»Sie kennen Nor Kelly und Billy Campbell, Charlie«, begann er. »Und Sie wissen, dass sie im Zeugenschutzprogramm sind.«

Charlie nickte.

»Ich bin hierher gesandt worden, um Billys kleiner Tochter Marissa zu helfen, die sich nach ihrem Vater und ihrer Großmutter sehnt. Um meine Aufgabe zu erfüllen, muss die Gefahr, der sie ausgesetzt sind, ein Ende haben.«

»Junior und Eddie«, sagte Charlie geradeheraus.

»Diese zwei Idioten«, sagte Marge verächtlich.

»Als ich herauszufinden versuchte, wie man Nors und Billys Sicherheit am besten gewährleisten kann, wurde mir klar, dass auch Ihnen Gefahr von den Badgetts droht.«

Marge griff nach Charlies Hand.

»Nachdem ich alle Umstände begriffen hatte, kam ich zu dem Schluss, dass man das Problem am besten und nachhaltigsten löst, wenn man die Badgetts dazu bringt, nach Wallonia zurückzukehren, wo sie hoffentlich für den Rest ihres Lebens hinter Gitter wandern.«

»Ich hoffe nur, dass man den Zellenschlüssel wegwirft«, meinte Marge. »Die beiden sind schlecht, schlecht und nochmals schlecht.«

Ganz Anwalt, sagte Charlie: »Ich versichere Ihnen, ich sehe keine Möglichkeit, dass die beiden jemals freiwillig einen Fuß auf wallonianischen Boden setzen.«

»Auch für Mama Heddy-Anna nicht?«, fragte Sterling.

»Sie vergießen seit fast fünfzehn Jahren Krokodilstränen darüber, dass sie ihre Mutter ewig nicht gesehen haben, sind aber trotzdem kein einziges Mal hingefahren«, sagte Charlie.

»Ich hab einen Plan, wie wir sie dennoch wieder an die Seite ihrer Mutter bringen könnten«, erklärte Sterling.

Voller Hoffnung hörten Charlie und Marge ihm zu.

Am nächsten Morgen kam der FBI-Agent Rich Meyers in Begleitung seines ersten Assistenten Hank Schell zu Charlie und Marge Santoli. Als Handwerker verkleidet, schleppten sie Werkzeugkästen ins Haus, die Aufzeichnungsgeräte enthielten.

Sie saßen mit den Santolis am Küchentisch, während Schell das Mikrofon aufstellte und testete.

Als Charlie am Abend zuvor Meyers angerufen hatte, hatte Letzterer ihn gemahnt, lieber einen Anwalt zu Rate zu ziehen, ehe er womöglich Enthüllungen aufzeichnen ließ, die ihn selbst belasteten.

Charlie war nicht auf den Vorschlag eingegangen. Ich habe etwas viel Besseres als einen Anwalt, dachte er. Ich hab Sterling auf meiner Seite.

»Sind Sie bereit, Mr. Santoli?«, fragte Meyers.

»Ja. Für die Aufzeichnung: mein Name ist Charles Santoli …«

In der folgenden Stunde beschrieb Charlie seine Beziehungen mit den Badgetts, beginnend mit den legalen Geschäften. Dann gab er Einzelheiten über ihre kriminellen Aktivitäten preis. Er schloss mit den Worten, dass die Regierung seiner Meinung nach niemals in der

Lage sei, Junior und Eddie Badgett der Brandstiftung an Kramers Lagerhaus zu überführen, und Nor Kelly und Billy Campbell würden auch weiterhin in Gefahr schweben, ob sie nun im Zeugenschutzprogramm steckten oder nicht.

Meyers hörte zu, ohne eine Miene zu verziehen.

Charlie holte tief Luft. »Was ich Ihnen jetzt vorschlage, lässt Sie vielleicht glauben, ich bräuchte ärztliche Hilfe und keinen gesetzlichen Beistand. Aber hören Sie mich erst mal zu Ende an.«

Sterling schnitt eine Grimasse und zwinkerte Charlie zu.

Mit leisem Lächeln stellte Charlie den Plan vor, den Sterling ihm am Abend zuvor erklärt hatte. Hin und wieder schaute er zu Sterling, um sich zu vergewissern, und erntete jeweils ein aufmunterndes Nicken.

Meyers erste Reaktion – »Sie wollen *was* machen?« – wandelte sich allmählich in ein »Unmöglich ist das nicht«, bis er schließlich sagte: »Wir haben Tausende von Stunden versucht, diese Typen zu kriegen und waren nicht in der Lage, stichhaltige Beweise zutage zu fördern. Aber wenn sie ein für alle Mal in Wallonia im Gefängnis sitzen, fällt ihre gesamte, durch und durch korrupte Organisation in sich zusammen.«

»Das ist genau der Punkt«, sagte Charlie eifrig. »Es kann Jahre dauern, bis es zu einer Verurteilung kommt, und auch aus dem Gefängnis heraus können sie noch immer gefährlich sein. Doch wenn man sie in ein Gefängnis am anderen Ende der Welt steckt, werden ihre blöden Schlägertypen höchstwahrscheinlich einfach verschwinden.«

Als das Tonbandgerät abgeschaltet war, standen die

beiden Agenten auf. Meyers sagte: »Ich muss natürlich mit meinen Vorgesetzten im Büro darüber sprechen. Ich gebe Ihnen in ein paar Stunden Bescheid.«

»Ich werde hier sein«, sagte Charlie. »Mein Büro ist über Weihnachten geschlossen.«

Als Meyers und Schell gegangen waren, meinte Marge: »Warten ist immer am schwersten, oder?«

Sterling dachte an seine sechsundvierzig Jahre im Himmlischen Warteraum. »Da stimme ich Ihnen absolut zu«, sagte er. »Hoffentlich hat die Warterei für uns alle bald ein Ende.«

Um ein Uhr rief Rich Meyers zurück. »Es läuft. Wenn Sie Ihren Part übernehmen, kümmern wir uns um den Rest.«

»Die Geschäfte sind in der Weihnachtszeit immer so voll«, seufzte Jewel, als die Stretch-Limousine um drei Uhr durch die Tore des Badgett-Anwesens rollte. »Aber bringt es dich nicht in Stimmung, durch die Einkaufspassagen zu gehen und zu sehen, wie alle Welt umherläuft und eilig die letzten Einkäufe erledigt?«

»Es geht mir auf die Nerven«, sagte Junior gereizt. »Ich weiß auch nicht, wieso ich mich habe überreden lassen, mit dir zu gehen.«

»Ich auch nicht«, echote Eddie. »Ich esse nicht gern in diesen Nahrungstempeln. Da war es so laut, dass ich kaum denken konnte.«

»Du denkst doch sowieso nie«, murmelte Junior.

»Sehr witzig«, knurrte Eddie. »Alle sagen, ich komme nach dir.«

»Aber wir haben ein paar schöne Sachen gekriegt«, sagte Jewel strahlend. »Die Skipullover, die ich euch spendiert habe, sehen so hübsch aus. Leider fahren wir nie weg, und auf Long Island gibt's nicht gerade viele Loipen.« Sie zuckte mit den Schultern. »Na schön. Was wollt ihr machen?«

Im Haus ging Jewel sofort ins Wohnzimmer, um die Weihnachtsbaumbeleuchtung einzuschalten. »Ich kann nicht sagen, dass ich die vielen purpurnen Lichter toll finde«, murmelte sie, während sie mit der Schnur in der Hand dort hockte und nach der Steckdose suchte.

Junior stand am Fenster. »Hast du eine deiner dämlichen Freundinnen eingeladen, Jewel? Unten am Tor steht ein Auto.«

»Meine Freundinnen sind nicht dämlich. Nein, ich habe niemanden eingeladen – sie sind alle einkaufen gegangen.«

Die Gegensprechanlage brummte. Eddie lief zur Alarmanlage an der Wand und drückte auf den Knopf. »Wer ist da?«

»Charlie, und ich hab meine Frau dabei. Hätten Sie etwas dagegen, wenn wir kurz raufkommen?«

Eddie verdrehte die Augen. »Nee, ist okay.«

»Warum zum Henker bringt Charlie seine Frau mit hierher?«, fragte Junior gereizt.

»Weihnachten«, erinnerte Jewel ihn. »Da schaut man eben mal kurz bei Freunden vorbei. Nichts Großes. Einfach nur nett und freundlich. Und fürsorglich.«

»Die Feiertage nerven«, sagte Eddie. »Da fühle ich mich immer schlecht.«

»Das ist eine ganz normale Reaktion«, meinte Jewel ernst. »Ich hab gerade einen Artikel von einem sehr klugen Psychologen gelesen. Danach werden die Menschen deprimiert, weil ...«

»Weil Leute wie du sie verrückt machen«, unterbrach Eddie sie.

»Vorsicht, Eddie. Jewel versucht doch nur, uns aufzumuntern.«

»Oh, mein Lämmchen, du hast ja so Recht. Genau das will ich.«

Eddie ging an die Tür, um die Santolis hereinzulassen.

Als der Türknauf sich drehte, flüsterte Sterling: »Nur nicht nervös werden, Margie.«

Bei Eddies lahmer Begrüßung »Hi, ihr, kommt rein« war beiden Santolis sofort klar, wie willkommen sie wirklich waren.

Marge wappnete sich und folgte Eddie ins Wohnzimmer. Charlie und der allgegenwärtige Sterling folgten ihr.

»Willkommen«, trällerte Jewel. »Fröhliche Weihnachten. Was für eine nette Überraschung. Wir waren begeistert, als wir Ihren Wagen vorfahren sahen.«

O Gott, sieh dir den Baum an, dachte Marge. Die wenigen Male, die sie um Weihnachten hier gewesen war, hatten die Bäume einigermaßen traditionell ausgesehen. Dieses Jahr nicht.

Marge hatte eine Dose Plätzchen in der Hand, die sie Jewel reichte. »Die backe ich zu Weihnachten für alle meine Freunde«, sagte sie.

»Ein Zeichen der Liebe«, gurrte Jewel.

»Setzen Sie sich doch einen Augenblick«, sagte Junior. »Wir wollten gerade ausgehen.«

»Ja, setzen Sie sich doch«, ermutigte Jewel sie.

»Wir bleiben nicht lange«, versprach Charlie, als er sich mit Marge auf ein Sofa setzte. »Es ist nur so, Marge hatte letzte Nacht einen Traum, der so eindringlich war, dass sie das Gefühl hatte, sie müsste ihn Ihnen mitteilen.«

»Was?«, fragte Junior bedächtig.

»Ich hatte letzte Nacht einen sehr verwirrenden Traum – von Ihrer Mutter«, begann Marge.

»MAMA!«, entfuhr es Eddie. »Ist ihr etwas zugestoßen?«

Marge schüttelte den Kopf. »Nein, aber leidet sie an Schwindelanfällen?«

»Ja«, Junior schaute Marge durchdringend an.

»Herzschmerzen?«

»Ja.«

»Blähungen?«

»Ja.«

»Schmeckt ihr das Essen nicht?«

»Stimmt.«

»Macht sie nie ein Auge zu?«

»Stimmt.«

»Übergibt sie sich gelegentlich?«

»Ja.«

»Hat sie geschwollenes Zahnfleisch?«

»Ich halt es nicht mehr aus«, rief Eddie. Tränen rannen ihm über das Gesicht. »Ich muss sie anrufen.«

Er lief zum Telefon.

Mama Heddy-Annas alljährliches Weihnachtsfest war in vollem Gange. Wein und Grappa flossen in Strömen. Jeder hatte sein Lieblingsgericht mitgebracht, und der Tisch ächzte unter den Tellern und Schüsseln. Aus einem alten Grammofon krächzten Weihnachtslieder, und alle sangen aus voller Kehle mit.

Als das Telefon klingelte, riss jemand, der neben dem Grammofon saß, die Nadel von der Platte und schrie: »Ruhe!«

Zwei Gäste hatten Mamas Krankheitsliste noch ergänzt, und einer zeigte beflissen darauf, als Mama Heddy-Anna nach dem fünften Klingeln den Hörer abhob.

»Ha... Ha...llo.«

»Mama, wie geht's dir? Jemand hat geträumt, es ginge dir nicht so gut ...«

»Der Traum stimmt.« Heddy-Anna zwinkerte ihren Freunden zu und verlangte mit einer Geste nach ihrer Brille, als sie mit zusammengekniffenen Augen die neue Schrift auf dem schwarzen Brett zu entziffern versuchte.

»Mama, sprich lauter, ich höre dich kaum. Du klingst so krank ...«

Heddy-Anna las von der Tafel ab. »Ich glaube, das ist mein letztes Weihnachtsfest.« Sie seufzte. Dann begann sie zu improvisieren: »Hat derjenige, der von mir geträumt hat, euch auch gewarnt, dass ich im Sterben liege?«

»Mama, sag so was nicht. Das stimmt nicht. Großmutter ist hundertdrei geworden, denk dran.«

»Sie war eine starke Frau ... nicht wie ich.«

Junior ging an einen Nebenanschluss. »Mama, ist denn etwas schlimmer geworden?«

»Heute Morgen hab ich mich übergeben ... weil mein Zahnfleisch so geschwollen ist ... schwindelig, du musst wissen, wie schwindelig mir ist ... ich kann nicht richtig sehen ... Moment mal ... jetzt tut mir das Herz wieder so weh ... eines Tages hört das nicht mehr auf ...«

Heddy-Annas Freunde, die ungeduldig darauf warteten, weiterzufeiern, bedeuteten ihr, einzuhängen.

Sie nickte. »Ich kann nicht mehr sprechen«, jammerte sie, »ich kriege kaum noch Luft. Ich brauche Ruhe. Ich kann nicht glauben, dass ihr so spät noch anruft. Aber was will ich auch von Söhnen anderes erwarten, die nie ihre Mama besuchen?«

»Mama, du *weißt*, wie sehr wir dich lieben«, schluchzte Eddie.

Ein Klicken im Hörer war ihre Antwort.

Jewel reichte Eddie ein frisches Taschentuch. Junior putzte sich lautstark die Nase.

Marge und Charlie setzten entsprechend ernste Mienen auf. Marge stand auf. »Es tut mir so Leid, dass ich das erzählt habe. Ich dachte nur, ich sollte Sie informieren, falls Sie die Feiertage mit ihr verbringen wollen.«

Charlie war verlegen. »Marge, würdest du bitte im Wagen auf mich warten? Ich habe mit Junior und Eddie noch eine Kleinigkeit zu besprechen.«

»Natürlich.« Marge drückte Junior die Hand. »Tut mir Leid«, sagte sie tonlos.

Als sie an Eddie vorbeikam, drückte sie ihm einen tröstenden Kuss auf die Wange.

»Bring Marge zum Wagen, Jewel, und dann lass uns ein paar Minuten allein«, befahl Junior.

Jewel hakte sich bei Marge unter. »Kommen Sie, Schätzchen. Sie wollten ja nur helfen.«

Als sie außer Hörweite waren, sagte Charlie zögernd: »Sie müssen wissen, dass Marge natürlich glaubt, Sie hätten Mama Heddy-Anna im Laufe der Jahre regelmäßig besucht.«

»Das soll sie auch weiter glauben«, fuhr Junior ihn an.

Charlie reagierte nicht darauf. »Ich war so aufgeregt, als Marge mir von ihrem Traum erzählte. Da ich Ihre Lage kenne, kam mir eine Idee. Sie mag Ihnen vielleicht komisch vorkommen, aber …« Er hielt inne und zuckte mit den Schultern. »Na ja, wenigstens wollte ich Sie darüber informieren. Es gibt eine Möglichkeit, wie Sie Ihre

Mutter zu Weihnachten besuchen könnten, ohne dass etwas passiert.«

»Was reden Sie da?«, wollte Junior wissen.

»Sagt Ihnen das Kloster St. Stefan vom Berge etwas?«

»St. Stefan vom Berge? Das war in unserer Nachbarstadt, direkt jenseits der Grenze. Wir sind als Kinder oft auf Skiern hingefahren. Lange bevor wir fortgingen, wurde es geschlossen.«

»Ich dachte, Sie hätten schon davon gehört. Das Kloster wird am Neujahrstag als Hotel wiedereröffnet.«

»Sie machen Witze.« Eddie blinzelte. »Niemand durfte da rein. Außerdem, was soll das?«

»Meine Cousine, eine Nonne, kommt Weihnachten sonst immer zum Abendessen zu uns. Dieses Jahr ist sie nicht da, weil sie auf eine Pilgerfahrt geht. Sechzig Nonnen, Mönche und Priester aus dem ganzen Land werden Weihnachten in St. Stefan verbringen, ehe es für das Publikum freigegeben wird.«

Sie haben's kapiert, dachte Charlie, als er sah, wie die Brüder nachdenkliche Blicke wechselten. »Sie haben ein Flugzeug gechartert, das morgen Abend vom Teterboro Airport in New Jersey startet. Sie landen auf der neuen Landebahn in der Nähe des Hotels, das vom Haus Ihrer Mutter aus natürlich gleich hinter der Grenze liegt.«

Charlie zögerte und wünschte, er könnte sich die Stirn abtupfen, doch er wollte nicht zu nervös wirken.

»Ich habe meine Cousine gefragt, ob in der Maschine noch Plätze frei sind, und zumindest heute Morgen gab es noch vier oder fünf.«

Junior und Eddie schauten sich an. »Auf Skiern könnten wir vom Kloster in null Komma nichts bei Mama sein«, sagte Eddie.

Charlie schluckte. Entweder er landete einen Volltreffer, oder er traf voll daneben. »Ich dachte nur, wenn Sie sich als Mönche verkleiden, die das Schweigegelübde abgelegt haben, besteht keine Gefahr, dass jemand herausfindet, wer Sie sind. Ich kann mir vorstellen, dass es Ihnen nicht schwer fallen würde, die richtigen Papiere zu beschaffen.«

»Kein Problem«, sagte Junior barsch. Eine kurze Stille trat ein. Er schaute seinen Bruder an. »Es war immer zu riskant, nach Hause zu fahren, aber so könnte es gehen.«

»Ich fahre hin«, sagte Eddie entschlossen. »Ich könnte kein Auge mehr zutun, wenn Mama etwas zustößt, bevor ich sie noch einmal gesehen habe.«

Charlie runzelte die Stirn. »Wir müssen schnell handeln. Die Plätze sind vielleicht schon vergeben.«

»Das will ich nicht hoffen«, sagte Junior mit böse funkelnden Augen. »Als Sie davon gehört haben, hätten Sie es uns gleich mitteilen sollen.«

Charlie nahm sein Handy heraus.

»Nein, rufen Sie von unserem Apparat aus an. Und stellen Sie auf Lautsprecher«, befahl Junior.

»Klar.«

»Kloster St. Mary«, meldete sich eine Frauenstimme leise. »Schwester Joseph am Apparat.«

»Schwester Joseph, hier spricht Charles Santoli, der Cousin von Schwester Margaret.«

»Ja, wie geht es Ihnen, Mr. Santoli?«

»Gut. Ist Schwester Margaret da?«

»Nein, tut mir Leid, sie macht noch ein paar letzte Besorgungen für ihre Reise. Man hat uns geraten, zusätzliche Pullover und Umhänge mitzunehmen.«

Die Brüder schauten Charlie an. »Fragen Sie sie«, sagte Junior ungehalten.

»Schwester, wissen Sie zufällig, ob der Flug nach St. Stefan schon ausgebucht ist?«

»Ich glaube ja, aber ich will mal nachsehen.«

»Es *müssen* noch Plätze da sein«, flüsterte Eddie und rang nervös die Hände.

»Da bin ich wieder, Mr. Santoli. Ich hatte Recht. Es war ausgebucht, doch gerade sind noch zwei Stornierungen hereingekommen. Einer unserer älteren Schwestern geht es nicht gut genug für einen so langen Flug. Deshalb bleiben sie und ihre Begleiterin zu Hause.«

»Sie wird auch besser nicht so bald gesund«, knurrte Junior. »Buchen Sie zwei Plätze für uns.«

Am anderen Ende der Leitung hatte die FBI-Agentin Susan White mehrere Stunden im Kloster auf den Anruf gewartet. Jetzt gab sie Rich Meyers ein Zeichen mit erhobenem Daumen.

Dann begann sie zu schreiben. »Bruder Stanislas und Bruder Casper …«

Marge und Charlie sind wunderbar gewesen, dachte Sterling und strahlte von einem Ohr zum anderen. Phase eins des Plans hatte perfekt funktioniert.

Marissa, wir schaffen es, dachte er.

Gute Nacht, Marissa«, sagte Denise, während sie ihre Tochter zudeckte und sich zu ihr hinabbeugte, um ihr einen Kuss zu geben.

»Gute Nacht, Mommy. Ich kann es kaum erwarten, morgen wach zu werden. Dann habe ich Geburtstag *und* es ist Heiligabend.«

»Wir werden *viel* Spaß haben«, versprach Denise und machte das Licht aus.

Unten gesellte sie sich zu Roy, der die Töpfe abtrocknete. »Alle im Bett?«, fragte er fröhlich.

»Ja, aber es ist komisch. Ich dachte, Marissa wäre heute Abend niedergeschlagen, aber sie ist so aufgeregt und glücklich, als würde sie mit einem Wunder rechnen, als wären Billy und Nor morgen hier.«

»Dann steht ihr eine schreckliche Enttäuschung bevor«, sagte Roy traurig und legte das Geschirrtuch zusammen.

»Ich habe ihnen alles besorgt, was sie brauchten«, berichtete Charlie. »Die Mönchskutten, die Sandalen, die Gebetbücher, die Koffer – richtig ramponierte, als stünden die Brüder tatsächlich zu ihrem Armutsgelübde.«

Er saß mit Marge und Sterling im Wohnzimmer. Sie waren angespannt und voller Sorge, die Badgett-Brüder könnten doch noch Lunte riechen, ehe das Pilgerflugzeug abhob.

»Was ist mit ihren Pässen?«, fragte Marge. »Könnte ihnen daran etwas auffallen?«

»Erstklassige Fälschungen«, sagte Charlie. »Die haben sie sich selbst besorgt.«

»Wie sind sie nach Teterboro gekommen?«, fragte Marge nervös. »Ich hoffe, sie sind nicht in dieser auffälligen Stretch-Limousine gefahren.«

»Die Limousine sollte sie nach New York zu einer ihrer Reinigungen bringen, die geschlossen war. Dort wollten sie sich umziehen und einen billigen Fahrdienst zum Flughafen nehmen.«

Es war 23.55 Uhr. Das Flugzeug sollte um Mitternacht starten.

»Ich weiß nicht. Die beiden haben einen sechsten Sinn«, stöhnte Charlie. »Wenn ihnen in letzter Minute aufgeht, dass sie reingelegt wurden, und nicht in das Flugzeug steigen, bin ich tot.«

»Wirkten sie misstrauisch, als du sie heute gesehen hast?«, fragte Marge und zerfledderte nervös eine Papierserviette.

»Nein. Ich bin neuerdings ihr bester Freund. Vergiss nicht, ich habe ihnen ermöglicht, dass sie nach Hause zu ihrer Mama können.«

Wenn es nicht klappt, wird man mich dafür verantwortlich machen, es vorgeschlagen zu haben, dachte Sterling in einem Anfall von Gewissensbissen.

Als das Telefon läutete, sprangen alle drei auf.

Charlie nahm den Hörer ab. »Hallo.«

»Mr. Santoli?«

»Ja.«

»Rich Meyers hier. Es wird Sie freuen zu hören, dass ein gewisses Charterflugzeug gerade gestartet ist, mit den Brüdern Stanislas und Casper an Bord.«

Charlies erleichtertes Lächeln zeigte Marge und Sterling, was sie wissen wollten.

»Sie dürften in acht Stunden in Wallonia landen. Die dortige Polizei wartet darauf, sie endlich festnehmen zu können. Unsere Agenten an Bord werden ihre Ordenstrachten ablegen und zurückfliegen, sobald das Flugzeug wieder aufgetankt ist.«

Charlie hatte das Gefühl, als wäre ihm ein Zweitonnengewicht von den Schultern genommen worden. »Ich vermute mal, Sie möchten noch weitere Aussagen von mir aufnehmen.«

»Nächste Woche. Jetzt feiern Sie erst einmal Weihnachten. Ich weiß, dass Sie mit uns zusammenarbeiten werden.« Meyers hielt kurz inne. »Machen Sie sich keine großen Sorgen, Santoli. Ich glaube, Sie wissen, was ich meine.«

»Danke«, sagte Charlie leise.

Sterling stand auf. »Das geht schon in Ordnung«, sagte er. »Es wird Ihnen nichts zustoßen, Charlie. Sie sind ein guter Mann. Und jetzt muss ich gehen.«

»Sterling, wie können wir Ihnen nur danken?«, fragte Marge.

»Keine Ursache. Nutzen Sie einfach klug Ihre Zeit auf Erden. Glauben Sie mir, sie vergeht sehr schnell.«

Marge und Charlie nahmen sich an der Hand. »Wir werden Sie nie vergessen«, flüsterte Marge.

»Nie«, wiederholte Charlie inbrünstig.

»Wir sehen uns wieder. Da bin ich mir ziemlich sicher«, sagte Sterling und verschwand.

Wie lange noch? Die Kutte kratzt«, zischte Eddie und erhielt zur Belohnung von Junior einen Ellbogenstoß in die Rippen.

Junior angelte einen Zettelblock aus seiner Tasche und schrieb: »Schweigegelübde. Halt's Maul. Sind fast da.«

Just in diesem Augenblick erklang die Stimme der Flugbegleiterin aus dem Lautsprecher. »Wir werden in zwanzig Minuten auf dem Klosterflughafen landen ...« Es folgten die üblichen Anweisungen.

Eddie zappelte vor Aufregung und war außer sich vor Freude. Mama Heddy-Anna! Ich komme, Mama, dachte er.

Junior wusste nicht genau, wann ihn das mulmige Gefühl beschlichen hatte. Er schaute aus dem Fenster und kniff die Augen zusammen. Es war bewölkt, und als das Flugzeug an Höhe verlor, trieb leichter Schnee an die Fenster.

Er verrenkte sich den Hals und entdeckte das Kloster und die Landebahn daneben. Alles in Ordnung, dachte er. Mir war so, als hätte Santoli uns vielleicht hereingelegt.

Dann ertönte wieder die Stimme der Flugbegleiterin. »Gerade wurde uns mitgeteilt, dass wir aufgrund extremen Eisbelags nicht auf dem Flughafen des Klosters landen können. Stattdessen werden wir auf dem Flughafen von Wallonia dreißig Meilen entfernt landen.«

Junior und Eddie schauten sich an. Eddie schob die Kapuze seiner Kutte zurück. »Was meinst du?«

HALT'S MAUL, kritzelte Junior wütend.

»Sie werden umgehend mit einem Bus zum Kloster St. Stefan gebracht«, flötete die Flugbegleiterin fröhlich. »Wir bedauern diese Unannehmlichkeiten, doch Ihre Sicherheit hat bei uns absolute Priorität.«

»Wie kommen wir durch den Zoll?« Eddie versuchte vergeblich zu flüstern. »Sind die Pässe in Ordnung, wenn man sie unter einem Speziallicht oder genau anschaut?«

HALT'S MAUL, kritzelte Junior erneut. Vielleicht ist alles in Ordnung, dachte er. Vielleicht stimmt es ja. Er blickte sich um und betrachtete die Gesichter der anderen Passagiere. Die meisten hatten sich in ihr Gebetbuch vertieft.

DIE PÄSSE SIND OKAY, schrieb er. NUR UM DEIN GROSSES MAUL MACHE ICH MIR SORGEN!

Eddie beugte sich über ihn, um aus dem Fenster zu schauen. »Wir sind über dem Berg. Sieh nur! Da ist das Dorf. Guck! Ich wette, ich kann Mamas Haus sehen.«

Seine Stimme wurde immer lauter. Um sie zu übertönen, begann Junior heftig zu husten. Im Nu stand die Stewardess neben ihm und bot ihm Wasser an.

Ich brauche einen Drink, dachte er ungestüm. Wenn wir nach Long Island zurückkommen, werde ich Charlie Santoli auseinander nehmen.

Das Flugzeug landete und kam in einiger Entfernung vom Terminal zum Stehen. Was Junior und Eddie draußen auf dem Rollfeld sahen, verschlug ihnen die Sprache, wie es das Schweigegelübde nie vermocht hätte.

Mitten unter Dutzenden uniformierter wallonianischer Polizisten sprang eine einsame Gestalt auf und ab und winkte heftig.

Mama Heddy-Anna.

Junior schüttelte den Kopf. »Sie sieht nicht gerade so aus, als läge sie im Sterben.«

Eddie war verwirrt. »Sie sieht so gesund aus, ich glaub's nicht.«

»Wir haben den Flug umsonst gemacht, und jetzt werden wir für den Rest unseres Lebens hinter Gitter wandern.«

Die Tür des Flugzeugs ging auf, und vier Polizisten liefen den Gang entlang. Junior und Eddie wurden aufgefordert, sich von ihren Sitzen zu erheben und die Hände hinter den Rücken zu nehmen. Als man sie abführte, begannen die anderen Passagiere, Ordenstrachten und Nonnenschleier abzulegen und spontan zu applaudieren.

Am Fuße der Treppe empfing Mama Heddy-Anna ihre Söhne mit weit ausgebreiteten Armen und drückte sie fest an die Mutterbrust.

»Die netten Polizisten sind zu mir gekommen und haben gesagt, dass ihr mich überraschen und nach Hause kommen wolltet. Ich weiß, dass ihr in Schwierigkeiten steckt, aber ich habe eine gute Nachricht für euch! Papa ist in dem Gefängnis, in dem ihr von jetzt an sitzen werdet, zum Vermögensverwalter aufgestiegen.« Sie strahlte. »Alle meine drei Jungs zusammen, schön in Sicherheit, wo ich sie jede Woche besuchen kann.«

»Mama«, schluchzte Eddie und legte den Kopf an ihre Schulter. »Ich habe mir solche Sorgen um dich gemacht, während ich fort war. Wie geht's dir?«

Heddy-Anna tätschelte seine Wange. »So gut wie noch nie.«

Junior dachte an das Anwesen auf Long Island, die Limousine, das Geld, die Macht und an Jewel, die bestimmt in zwei Wochen einen neuen Freund haben würde. Während Eddies Schultern zuckten, hatte Junior nur den einen Gedanken: Wie konnte ich nur so blöd sein?

An Heiligabend saßen Billy und Nor lustlos vor ihrem Frühstück, keiner mochte etwas anrühren. Die unangenehme Tatsache, dass sowohl Heiligabend als auch Marissas achter Geburtstag war, machte ihnen zu schaffen.

Plötzlich klingelte es an der Haustür Sturm, so dass beide zusammenfuhren. Billy ging öffnen.

Ein strahlender Marschall Frank Smith stand vor ihm. Seine Stimme dröhnte: »Nehmen Sie nur mit, was Sie brauchen. Sie fliegen mit der Maschine um 12.40 Uhr nach New York, und wenn Sie die kriegen wollen, dürfen Sie keine Zeit verlieren.«

Für gewöhnlich war Nors Restaurant am Heiligabend voller Gäste zum Mittagessen gewesen. Manche hatten noch letzte Besorgungen erledigt und waren auf einen kleinen Happen vorbeigekommen. Andere, die ihre Besorgungen besser organisiert hatten, hatten ein stilles Mittagessen eingenommen, ehe die Feiern in der Kirche und in der Familie begannen.

Heute ist es hier einfach unheimlich, dachte Dennis, als er von seiner Bar aus den Raum überblickte. Er schüttelte den Kopf. Wenigstens hatte Nor eingesehen, dass es sinnlos wäre, auch am ersten Feiertag zu öffnen.

»Du wirst Recht haben, Dennis«, hatte sie zugegeben. »Nur zehn Reservierungen! Die Leute würden lieber in ein volleres Lokal gehen.«

Wir sind ziemlich am Ende, dachte Dennis, als er die Bestellung für ein einziges Bier entgegennahm.

Just in diesem Augenblick klingelte das Telefon. Er nahm den Hörer ab.

»Dennis!« Es war Nors Stimme, vergnügt und energiegeladen. »Wir sind am Flughafen und kommen nach Hause. Wir sind wieder frei. Die Badgett-Brüder sind weg und ein für alle Mal hinter Gittern«, jubelte sie. »Besorge einen Geburtstagskuchen für Marissa heute Abend, und rufe unsere üblichen Weihnachtsgäste an. Sag ihnen, Nors Restaurant hat am Weihnachtsabend geöffnet, und das Menü geht aufs Haus. Aber sieh zu, dass Marissa nichts erfährt! Wir wollen sie überraschen.«

Von dem Augenblick, als sie am Heiligabend die Augen aufschlug und vor sich hin flüsterte: »Heute werde ich acht«, begann Marissa den Glauben zu verlieren, dass es Sterling gelänge, Daddy und NorNor nach Hause zu bringen. Sie war sicher gewesen, dass sie da wären, wenn sie aufwachte, doch jetzt wusste sie, dass es so ablaufen würde wie immer.

Sie hatte sich eingeredet, sie wären zu Ostern zurück, aber sie kamen nicht. Dann hatte sie geglaubt, dass sie zu den Sommerferien wieder da wären ... Dann zum Schulanfang im September ... Dann zum Erntedankfest ...

So wird es heute auch wieder sein, dachte sie, als sie aufstand und ihren Morgenmantel anzog. Tränen wollten ihr über die Wangen laufen, doch sie hielt sie mit den Händen zurück. Sie versuchte zu lächeln und ging hinunter.

Ihre Mutter, Roy und die Zwillinge saßen bereits am Küchentisch. Sie sangen »Happy Birthday«, als sie Marissa sahen. Neben ihrer Müslischale lagen Geschenke: eine neue Uhr; Bücher und CDs von Mommy, Roy und den Zwillingen; ein Pullover von Großmutter. Dann öffnete sie die beiden letzten Schachteln: Schlittschuhe von Daddy und ein neues Eislauftrikot von NorNor.

Jetzt war sie absolut sicher, dass sie heute nicht nach Hause kommen würden. Wenn doch, würden sie dann nicht so lange warten, bis sie ihr die Geschenke persönlich überreichen könnten?

Nach dem Frühstück trug Marissa ihre Geschenke nach oben. In ihrem Zimmer zog sie den Stuhl vom Schreibtisch an den Schrank und stieg hinauf. Sie legte die Schachteln mit den neuen Schlittschuhen und dem Eislauftrikot auf das obere Regalbrett. Dann schob sie die Geschenke mit den Fingerspitzen so weit wie möglich nach hinten, bis sie außer Sichtweite waren.

Sie wollte die Sachen nie wieder ansehen.

Um elf Uhr war sie im Wohnzimmer und las in einem ihrer neuen Bücher, als das Telefon klingelte. Obwohl ihr das Herz stehen blieb, als sie Mommy sagen hörte: »Hallo, Billy«, schaute sie nicht auf.

Doch dann kam Mommy zu ihr gelaufen. Sie ließ ihr keine Chance zu sagen »Ich will nicht mit Daddy sprechen«, sondern hielt ihr gleich den Hörer ans Ohr, aus dem Daddy ihr zurief: »Rissa, willst du heute Abend zum Geburtstagsessen zu Nor kommen? Wir sind auf dem Heimweg!«

Marissa flüsterte: »Oh, Daddy.« Sie platzte schier vor Glück und konnte nichts mehr sagen. Dann spürte sie, wie jemand ihr den Kopf tätschelte. Sie blickte hoch, und da stand er – ihr Freund, der den komischen Hut trug und kein richtiger Engel war. Er lächelte ihr zu.

»Leb wohl, Marissa«, sagte er, dann war er verschwunden.

Benommen ging Marissa die Treppe zu ihrem Zimmer

hinauf, schloss die Tür, zog ihren Stuhl ans Regal und stellte sich auf Zehenspitzen darauf, um die Geschenke wieder hervorzuholen, die sie nach hinten geschoben hatte. Doch als sie an den Schachteln zog, fiel etwas vom Regal und landete zu ihren Füßen.

Sie stieg vom Stuhl und betrachtete den winzigen Weihnachtsschmuck, den sie noch nie zuvor gesehen hatte. Es war ein Engel, der genau wie ihr Freund gekleidet war.

»Du hast ja auch so einen komischen Hut«, flüsterte sie und küsste den Engel. Sie drückte ihn an ihre Wange und schaute aus dem Fenster in den Himmel.

»Du hast gesagt, du seist kein richtiger Engel«, sagte sie leise. »Aber ich weiß, du bist einer. Danke, dass du dein Versprechen gehalten und mir geholfen hast. Ich hab dich lieb.«

Als Sterling den Konferenzraum des Himmlischen Rates betrat und die anerkennenden Blicke der Heiligen sah, wusste er, dass er seine Aufgabe zu ihrer Zufriedenheit gelöst hatte.

»Es war höchst anrührend, würde ich meinen«, sagte der Admiral mit ungewöhnlich sanfter Stimme.

»Habt ihr das Gesicht des Kindes gesehen?« Die Nonne seufzte. »Es strahlte so sehr vor Glück, wie es nur auf Erden möglich ist.«

»Ich musste einfach noch bleiben, weil ich Marissa in den Armen ihres Vater sehen wollte«, erklärte Sterling dem Rat. »Dann bin ich mit ihnen noch zu Nor gegangen. Das war eine wunderschöne Geburtstagsfeier! Wie Sie wissen, hat sich das Gerücht von Nors Rückkehr in Windeseile in der Stadt verbreitet, und alle kamen, um sie zu Hause willkommen zu heißen.«

»Ich hatte Tränen in den Augen, als Billy das Lied sang, das er für Marissa geschrieben hat«, sagte die Königin.

»Das wird todsicher ein Hit«, verkündete der Matador.

»Wie Sie wissen, wird er es aufnehmen, so wie die anderen Lieder, die er in Colorado schrieb«, sagte Sterling. »Es war ein sehr schmerzliches Jahr für ihn, doch er hat es gut genutzt.«

»So wie Sie«, meinte der Schäfer leise.

»Ja, absolut«, murmelten alle einstimmig und nickten.

»Sie haben nicht nur jemanden gefunden, der Hilfe brauchte, und Ihren Verstand benutzt, um eine Lösung für das Problem zu finden, sondern Sie haben auch Ihr Herz eingesetzt«, sagte der indianische Heilige, der offenbar stolz auf Sterling war.

»Und Sie haben Charlie Santoli vor der Selbstzerstörung bewahrt«, fügte die Nonne hinzu.

Stille legte sich über den Raum.

Dann erhob sich der Mönch. »Sterling, die Feier der Geburt unseres Retters fängt gleich an. Der Rat hat beschlossen, dass Sie nicht nur einen Besuch im Himmel, sondern einen Dauerplatz dort verdient haben. Es ist an der Zeit, dass wir Sie durch das Tor führen.« Er drehte sich zur Tür um.

»Einen Augenblick noch«, sagte Sterling. »Ich hätte noch eine Bitte an Sie.«

Der Mönch schaute ihn verwundert an. »Worum können Sie denn jetzt noch bitten?«

»Ich bin Ihnen allen so dankbar. Wie Sie wissen, sehne ich mich nach dem Himmel. Aber mir hat dieses Erlebnis so gut gefallen, dass ich, mit Verlaub, gern jedes Jahr zu Weihnachten auf die Erde zurückkehren würde, um jemanden zu finden, der Hilfe braucht. Ich habe nie gewusst, wie gut es tut, das Leben anderer zum Guten zu wenden.«

»Andere Menschen glücklich zu machen ist eine der

größten Freuden des Menschen«, sagte ihm der Mönch. »Sie haben Ihre Lektion sogar noch besser gelernt, als wir gehofft haben. Und jetzt kommen Sie.«

Als sie sich dem Himmelstor näherten, ging es weit vor ihnen auf, und ein Licht strahlte, das heller war als tausend Sonnen, heller als alles, was Sterling sich je hatte vorstellen können. Er wurde von einem tiefen inneren Frieden durchdrungen. Er ging auf das Licht zu und wurde Teil des Lichts. Der Himmlische Rat trat zur Seite, und Sterling ging langsam und andächtig weiter. Er war sich bewusst, dass eine große Gruppe Menschen sich versammelt hatte.

Er spürte, wie eine Hand in die seine glitt. »Sterling, lass mich mit dir gehen.«

Es war Annie.

»Die anderen Neulinge sind direkt vor dir«, flüsterte sie. »Sie kamen alle zusammen. Ihr Leben endete tragisch, und obwohl sie ewige Freude gefunden haben, sind sie zutiefst besorgt um ihre geliebten Hinterbliebenen. Doch sie werden sicherlich einen Weg finden, ihnen Hilfe und Trost zukommen zu lassen.«

Annie hielt inne. »Oh, hör doch, die Feier beginnt.«

Musik erfüllte die Luft und erhob sich zu einem Crescendo. Sterling stimmte mit den Engeln und Heiligen und allen anderen Seelen im Himmel in den Gesang ein, während sie auf das Licht zuschritten.

»Ehre sei Gott in der Höhe …«

Unser Dank gebührt

unseren Lektoren Michael Korda, Chuck Adams und unserer Lektorin Roz Lippel;

unserer Publizistin Lisl Cade;

unseren Agenten Gene Winick, Sam Pinkus und Nick Ellison;

unseren Redakteurinnen, der stellvertretenden Redaktionsleiterin Gypsy da Silva und der Redakteurin Carol Catt;

sowie John Conheeney, Irene Clark, Agnes Newton und Nadine Petry, die uns zu Hause unterstützten;

und natürlich Ihnen, unseren Lesern und Leserinnen.

Ihnen allen unsere besten Wünsche.